俺はまだ、
本気を出してい
5
三木なずな
Illustration さくらねこ

「ここから先は、エリカとダーリンだけの想い出だから」
「んあ？」
「えりか……？」

「今度こそ、エリカをダーリンのものにして」
エリカ

「ダーリンにもっともっと元気になってもらわなきゃ。はいダーリン、あーんして」
「私も色々持ってくるのだ」

カオリ
何もしなくても、至れり尽くせりの、上げ膳据え膳状態だ。
だったら、何も問題はない。
俺は考えることをやめて、この日、ずっと二人の好きにさせたのだった。

ヘルメス、
再び試練に
挑む！

ソフィア
ヘルメス
そうこうしているうちに、
コインが完全に光になって「溶けた」。
その光が集まって、一人の女の姿になった。
その姿は見たことがある。
コインにも顔が刻まれている女――
カノー家の初代当主だ！
「なんでまた――くっ！」

Contents

ダッシュエックス文庫

俺はまだ、本気を出していない5

三木なずな

111 今はまだ、本気になってやれない

「ダーリン……」

エリカは熱く、濡れた目で俺を見つめていた。

こっちまでドキドキしてきた。

エリカほどの美しい少女が、掛け値なしの好意を向けてくる。

生まれたままの姿で迫ってくる。

興奮するに決まってる、嬉しくなるに決まってる。

だけど、俺は。

ゆっくり近づき。

「あっ……」

嬉しい顔をして、目を閉じて顔を上に向けるエリカに、脱いだ服を掛けてやった。

「え……?」

目を開けるエリカ。

落胆と、怯え。

二つの感情がない交ぜになった表情が、顔に出ていた。

「どうして……」

「エリカが真剣なのは分かった。だから、俺も真剣にそれに応えようと思う」

「真剣に……？」

「俺はまだ、エリカを好きになっていない」

ガーン、という音が聞こえてきそうだった。

エリカの表情がそうなった。

絶望に打ちひしがれ、世の中の全てから見放されてしまった。

そんな顔。

「あーいやいやそういうことじゃない、早とちりしないでくれっていうか俺の言葉もちょっと足りなかった」

「え？」

「一緒にいて楽しいこともある、友達、としてなら好きだ。嫌いじゃない。だけどそれは恋人としてじゃない」

「ちがうの？」

「ああ、違う」

俺ははっきり頷いた。

ここは、ごまかしとかそういうの一切するべき時じゃない。

はっきりと言うべきところだと思った。

「そう……」

「そういう状態で、そういう関係になったりするのは違うと思う。エリカは、俺を単なる結婚相手にしたいってわけじゃないんだろ？」

「もちろん！」

エリカは食いつくくらいの勢いで、大きく頷いた。

貴族――まあエリカは女王、王族だが。

貴族にとって、結婚相手に必ずしも好意を抱く必要はない。

むしろ割り切って、相手の家とのつながりを利用し合う、のが正しい貴族同士の結婚だ。

それは一連の儀式にも表れる。

最たるものが、初夜の時、破瓜の血のついたシーツを、ばあやあたりの人間が持ちだして衆目に晒すことで、純潔だった二人は結ばれた――として家の結びつきを強くするというものだ。

そこには愛はない、なくていい。

事務的であればいい。

それはだけど、決してエリカは望んでいないはずだ。

「だから、今はだめだ。エリカを抱けない」

「……」

俺は言いたいことを言った。

これは、俺がエリカに少なからず、好意を持ち始めたからこそ感じることだ。

それが伝わればいいいんだが。

沈黙が流れる。

数分ほどそうしてから、エリカは静かに、自分が脱ぎ捨てた服を拾い集めて、ゆっくりと身に纏（まと）い直していった。

そして、それを全部着て——部屋に入ってきた時の姿に戻った後。

「ごめんなさい、ダーリン」

と、謝ってきた。

「いや謝ることじゃない。こっちこそ、恥（はじ）をかかせてしまって悪い」

「ううん、ダーリンの言いたいことは分かる。エリカ、焦りすぎてた。そうだよね、そういうのを望んでるんじゃないもんね、エリカは」

ここで引き下がったことで、エリカへの好感度が、また少し上がった。

世の中には、とにかく体の関係を持ってしまえば後はなし崩しに——って思う輩（やから）が男にも女にもいる。

エリカほどの立場にいれば、手段を選ばなくても思いを遂げよう、と考えてもおかしくない。

実際そうしかけた。

それを思いとどまってくれたのは、密かに嬉しい。

押し引きできるというのは、すごいと思う。

俺はちょっと、いやかなりエリカを見直した。

そのエリカは、さっきまでの必死な、そして悲痛な、あるいはしっとりとした。

それらの空気を投げ捨てて、いつものように明るく笑った。

「それなら、もっともっと頑張って、ダーリンに好きになってもらうようにするね」

「そうか」

俺はすこし微笑んで、小さく頷いた。

うん、こういう表情の方が、エリカに似合ってる。

「そうしてくれると助かるな。こういうのは、男からするべきだからな」

「ああん！」

エリカが急に、まるで雷に打たれたようにビクンとなって、肩を抱えてくねくねした。

「ど、どうした」

「ダーリンかっこいい！　エリカ惚れ直した」

「えぇー」

「やっぱりダーリン大好き！」

エリカは俺に抱きついてきた。

さっきのと違う、カラッとした、純粋な好意の発露。

これくらいならいっか、と、俺はそれを受け入れた。

これで一件落着――と、思いきや。

この出来事が、噂（うわさ）となって光の速さでメイドたちの間に広まった。

☆

次の日の昼下がり。

誰も訪ねてこない庭で、犬と戯（たわむ）れていると、そこに姉さんがひょっこりとやってきた。

「聞きましたよ、ヘルメス」

「今度はなんだ、姉さん」

姉さんはやってくるなり、妙なことを口にした。

「昨日、エリカ様に説教をしたんですって？」

「へ？　説教？」

なんのことか、と思ったけど。

「ああ、まあ。あれは説教なのか」

「メイドたちが噂してましたよ」

「聞かれてたのか……」

俺は苦笑いしつつ、ちょっとほっとした。

ある意味よかった。

それが聞かれてたってことは、もし誘惑に負けてたらそれもメイドたちに見られてたってことだ。

いやまあ。

貴族の夜の生活の事情なんて、どこの家も使用人に筒抜けだしな。

そもそも、シーツを毎日洗濯するランドリーメイドに100％把握されるもんだ。

これはもう宿命だ。

それはともかく。

今はまだ、把握されなくて良かった。

と、思ったけど。

「みんな盛り上がってるわよ」

「え？」

「女王様に迫られても動じないって。ちゃんとしなきゃそういう関係にはなれないって言ってて、すごく男らしいって」

「ふぇ？」

「それを言ったときのヘルメスの顔が今までで一番格好良かった。私を嫁に出さないって言ってたときよりもかっこいいって」

「いや待て比較基準がおかしい！」

そんな話になってたのか。

「何人もの子が、すてき！　かっこいい！　一生ついていく！　って言ってますよ」

「予想外だよそんなの……」

俺はがっくりきた。

昨日の件で、エリカの好感度が上がるのはしょうがないと諦めてた。

だけど、メイドたちまでまさかそうなるとは。

予想しなかった方向からのダメージは、普通よりも強く俺をえぐったのだった。

統治者の資質

あくる日の昼下がり。

いつものように、執務室でミミスら家臣団の報告を聞いていた。

ぼーっとしながら、ミミスからの報告を聞いては、はんこを捺していく流れ作業。

当主になってだいぶたった。

ミミスの報告が、形だけの報告で承認だけが必要なものなのか、それとも本当に俺の判断・選択が必要なものなのか。

それがぼーっと聞いてても分かるようになってきた。

だからそれをぼーっとやっていた。

これくらいのことなら、のんびりだらけているのとそんなに変わらないから、最近はもう、このまま当主を続けててもいいんじゃないか、って思えるようになってきた。

当主から降りるために、姉さんを担ぎ上げてのお家騒動を考えてたけど、それはそれでリスクがあるんだよな。

このままなのがベストかもしれない。

そう、なんとなくぼんやりと考えていると――

「ダーリン！」

「んなぁ！」

いきなり横合いから衝撃がやってきた。

可愛らしい声とともに、抱きつかれて。

エリカだ。

彼女は俺に抱きつきながら、頬ずりをしてくる。

エリカ一流の愛情表現、好意を隠そうともしないスキンシップ。

それはなんというか、結構過剰なものだった。

「だ、だーりん……」

案の定、いきなりそれをみたミミスが目を点にしている。

その後ろにいる家臣団の他の連中も、ざわざわひそひそしている。

数秒間ぽかーんとしたあと、ミミスはハッと我に返り、慌てて訊いてきた。

「ご、ご当主様。もしやその人と――」

「あー待て待て、早まるな」

手をかざして、ミミスを止めた。

ミミスはかなり先走りがちな性格だ。

特に俺の、当主の「相手」のことになると、その傾向が一層強くなる。

前も確か、オルティアの一件で俺を諫めようとしてた。

貴族の正室がどうのこうのって。

その時はミデアもいて、話がややこしくなったっけな。

今回も同じように、好意を燃料にした暴走気質なエリカが相手だ。

放っとけば話が盛大に暴走してしまいかねない。

ぼうっと聞いていた執務と違って、ここは俺が手綱を取って主導権を握った方がいいと思った。

「しかし……」

「言いたいことは分かる。だけど違う。そのうちちゃんと説明してやるから今は見逃してくれ」

「は、はあ……ご当主がそうおっしゃるのでしたら」

いまいち納得しきれてない顔だが、それでも俺に強く言われて引き下がった感じのミミス。

実は、「後で説明する」というのはかなり有効な必殺技なのだ。

特に当主くらい偉くなると。

貴族の当主だと、「高度な政治的判断」とやらがいる場面もある。水面下でなにか動かすこともある。

そういうのを、いちいちと部下に話さないもんだ。

だから、「後で説明する」というのは、その場を逃れる手段としては必殺技級の威力を持つ。

これを繰り出せば、相手がよほど空気を読まない人間でもない限りはひとまず引き下がるしかない。

ミミスはちゃんと引き下がった、質問を呑み込んでくれたから、俺はほっとした。

一方、俺に抱きついているエリカは、

「ダーリン、何をしてるの？」

と訊いてきた。

「何って執務だよ、領主としての」

「すっごーい」

エリカはそう言い、目をきらきらと輝かせて俺を見つめてきた。

見つめるだけで、離れる気はまったくないようだ。

執務だって言ったのに、どう見てもその最中なのに、だ。

「続けていいか？」

「うん！　エリカ、応援してるね」

俺は苦笑いした。

ミミスに目配せをした。

「ご、ごほん。それでは再開いたしますご当主様」

「ああ……いつものように頼む」

俺は頭のスイッチを切り替えた。

チャンスかもしれないからだ。

いつものように――俺がだらだらとはんこを捺すだけの執務。

それを目の当たりにしたらエリカは失望してくれるんじゃないのか?

特に賢女王リカを信奉するエリカだ。

執務でだらだら――というのは地雷な可能性が大いにある。

よしこれでいこう。

俺はぼうっとした。

ミミスの報告を聞きながら、報告書に次々とはんこを捺していく。

「次に、先日の件」

「ん」

「こちらをご覧下さい」

次の報告書を受け取った。

それはちょっと前に起きた、領内の不作の案だ。

収穫期に不作に見舞われた。飢饉ってほどじゃないが、このままじゃ大半の農家の生活が立ちゆかなくなる。

来年の種籾にもこまる農家が続出するだろう。

その案件の後処理で、いくつかのプランをしるした報告書だ。

それを三秒で流し読みして、ざっとコンセプトだけを把握して、ミミスに訊く。

「これで全部か」

「はい。如何いたしましょう」

「前にも言ったけど、餓死者を一人も出すな、俺からはそれだけだ」

「はい。今回の三つのプランは、全てそれに添ったものでございます」

「みたいだな」

こっちは大まかなコンセプトだから一見で把握できた。

「その上で、上から予算の高い順となっております」

「なるほど」

細かいのは説明あるだろうし必要ないから見てなかった。

「如何いたしましょう」

「じゃあ真ん中のプラン２で、承認」

俺ははんこを捺した。

そこそこ大きい案件だが、俺が前に示したコンセプトに添ったものだから、却下する理由がない。

さて、これでどうだ。

今の、いつも通りにかなり適当にやったぞ。

説明も聞かないでの承認、これはエリカ的にアウトだろ——と思ったのだが。

「さすがダーリン」

「え？」

彼女は何故か、ますます目をきらきらとさせている。

憧れの人を見るような、尊敬の眼差しをしている。

「さ、さすがってなにが？」

「今の処理のことだよ、ダーリンは統治者の鑑だね」

「ふぇっ!?」

ど、どういうことだそれは。

今のが統治者の鑑って……。

「統治者って、実務者の邪魔をしちゃいけないの。災害の時ならなおさら」

「……」

「絶対的な方向性だけを示して、それに添っていることなら承認して動かすだけ。それが統治者のベストの形だよ」

「しかし……」

「現場にね、口を挟んじゃいけないの。よっぽど明後日(あさって)の方向に向いてるとかじゃなきゃ。それを当たり前のように、しかもいつものようにってことは普段からそれができてる。ダーリンはやっぱりすごい！　統治者のセンスばりばりだね！」

俺はポカーンとなった。

いやいやなんでそうなるの？

俺は普通に、適当にやってただけだよ。

なんでそういう解釈をされるの？

こんなんじゃ、またエリカの好感度が――。

「まさしくそうでございますな」

ミミス!?

気がつけば、ミミスも感心したような顔をしていた。

いやミミスだけじゃない、他の家臣団たちも同じような顔だ。

「ご当主様の代になってから、政務の滞(とどこお)りが格段に少なくなりました。大きな方針に従っていれば却下されることがないのはみな体験しておりますから」

「うむ、その通り」

「実行する側としてすこぶるやりやすくなりました」

「今回の件も、それがスピード感に繋がって、より多くの民が救われるというものですな」

「いやそれは――」

「かといって何も見ていないわけではなく、たまにある、ご当主の方針から外れたものは例外なくピンポイントで却下なされる。ちゃんと見ておられるという証左である」

「うっ」

そっちは……なんとなく覚えがある。

「やっぱりね」

ミミスの話を聞いて、エリカはますます感動した顔になった。

いやいや待て待て、どうしてそうなるの？

と思ったらさらに追撃が。

「三秒くらいでそれを報告書から把握できるなんて、さすがダーリン！」

「おっふっ！」

「そのことが分かっておられる方。ご当主様の眼力はさすが」

「おっふぅ!!」

二重に追撃が来た。

「そちらの方も、それが分かっておられるのなら、ご当主の妻、正室になったとしても安心ですな」

「本当？　エリカ嬉しい！」

「おっふぅ!!!」

　三重にキツかった。

　普段通りにやってただけなのに、なぜかあっちこっちから評価がうなぎ登りになってしまった。

113 好きだから、うっかりした

よく晴れた昼下がり。

この日は娼館(しょうかん)にやってきて、オルティアのところでのんびりしていた。

のんびりした空気の中で、俺は手足を投げ出して、だらっとくつろいでいた。

「ヘルメスちゃん、一生のお願い！」

「……」

「ヘルメスちゃん？」

ちょこん、と小首を傾(かし)げて見つめてくるオルティア。

「お前の一生のお願いを聞くと和(なご)むわー」

心からの感想を口にした。

うん、和む。

オルティアの「一生のお願い！」はなんというか、「変わらない日常」になっている感じがする。

それがすごく和む。

ここ最近、エリカに振り回されっぱなしだから、なおさらそう思ってしまう。

そんな風に、俺はオルティアのそれに実家のような安心感を覚えていたのだが、当のオルティアは。

「へ、ヘルメスちゃん、変なものを拾い食いでもしたの？」

と、何故か慌てていた。

「お医者さんを呼んだ方がいい？　それともお祓いさせた方がいいかな」

「あー、ちがうちがう。気にしないでくれ」

「そ、そう？」

俺ははっきりと頷いた。

するとオルティアはちょっとだけほっとしたようだ。

プライベートの事情を娼館に持ち込むのもどうかと思ったから、俺は気を取り直して、オルティアに訊き返した。

「で、なんだ？　今度の一生のお願いは」

「え？　ああうん……えっとね」

俺に釣られて、オルティアも気を取り直し、答えた。

「実は、今度取材を受けるの」

「しゅざい？」

「うん！　なんだっけな……そう！　『今もっともフレッシュなオルティア十一人』って感じのタイトルの取材」

「写真集になるのか!?」

　俺はパッと体を起こして。

　オルティアに詰め寄って、食いついた。

「う、うん。ヘルメスちゃん顔が近いよ」

　オルティアが珍しく困惑していた——が、俺はそれどころじゃなかった。

「マジか！　すごいじゃないかオルティア」

「そうかな」

「そうだよ！　しかも内容もいい！　〝今もっともフレッシュな〟って、ポジティブな方で評価されてるじゃないか。すごいことだよそれ」

「え、えへへ……なんかヘルメスちゃんにそうやって褒められるとうれしくなっちゃうな」

「そっか……写真集になるのか、オルティア」

「それでね」

　オルティアはもう一度気を取り直して、って感じで切り出す。

「今、あたしたちの間で一番人気なアクセサリーをつけた状態で受けたいの。そのためには

『オリビアの涙』が必要なのよ」

「『オリビアの涙』ってヤツだな！」

　自分のテンションが上がりっぱなしになっているのは分かったけど、なじみが――いや推しが写真集になるんだ。

　興奮しない方がどうかしている。

「でも、『オリビアの涙』って、入手が難しくてさ」

「よし、俺に任せろ」

「本当？」

「ああ、それを手に入れてくればいいんだな？」

「うん！　お願いヘルメスちゃん。もしそれを手に入れてきてくれたら――」

「行ってくるちょっと待ってろ！」

「――どこをどう使ってもいいから、ってもう行っちゃった」

　オルティアの話を最後まで聞くことなく、俺は娼館から飛び出した。

　繁華街の人混みをピンポイントに縫うようにすり抜けて、帰宅タイムアタックの新記録を叩きだすほどの勢いで屋敷に戻ってきた。

「あら、ただいまヘルメス。どうしたのですか、すごく真面目な顔をして」

「姉さんか、丁度いい」

玄関に上がると姉さんと出くわした。

この手の話は姉さんかミミスが詳しいと思ったから、姉さんにすぐに会えたのはラッキーだ。

「丁度いい?」

「姉さん、『オリビアの涙』のことを知らないか?」

「それって、アイスドラゴンの逆鱗のこと?」

「アイスドラゴンの逆鱗?」

「ええ、ケリンス山に生息しているドラゴン種の、背中に一枚だけ逆さに生えている鱗。それをすりつぶして使うと、肌が雪のように白くなるっていう代物です」

「なるほど」

合点がいった。

オルティアはそれを使って、より綺麗に写って写真集に載りたいんだな。

そういう話なら、ますます協力しない理由はない。

「その逆さになっている鱗を取れば良いんだな?」

「ええ、でも気をつけて、逆鱗は——」

「ありがとう姉さん」

俺は屋敷から飛び出した。

「——触れるとドラゴンが一番怒るところ、っていっちゃった」

屋敷にぽつんと、取り残されたような形になったソーラ。

飛び出したヘルメスを追って玄関から外を見ると、ヘルメスがパピューンと空を飛んでいくのが見えた。

普段とは違って、まったく人目を気にせずに。

ソーラの目が、キュピーンと光った。

「これは……ヘルメスる予感」

この機会を逃す手はない、と。

ソーラはメイドを呼び、必要なことを用意させた。

☆

俺は空を飛んで、一直線にケリンス山にやってきた。

ピンドスの街から距離が離れてて、かつ万年雪に覆われているケリンス山。

来るのも登るのも本来は大変なところだが、そんなことに時間を取られている場合じゃない。

さっさとアイスドラゴンとやらをさがそう。

山の真上から見下ろした。

ぐるり、と山中を見回すと、すぐに見つかった。

青白い見た目をした、ドラゴン種のデカブツだ。

ドラゴンはこういう時見つけやすいのがいい。

俺は急降下して、アイスドラゴンのところに向かった。

雪の上で気持ちよさそうに寝そべっているアイスドラゴン。

そいつは俺に気づいて、見上げてきた。

なんだこいつは、って顔をしている。

俺は上からそいつを見下ろした。

寝そべっているから、すぐに見つかった。

青白い背中に、確かに一枚だけ、逆さに生えている鱗があった。

「それをもらうぞ」

俺はアイスドラゴンの背中に「着地」した。

その逆さの鱗――逆鱗に手を触れて、引っ剥がした。

「――ッッ!!!　ぐおおおおお!!!」

瞬間、アイスドラゴンは咆哮(ほうこう)した。

山が揺れる、空が震える。

魔力が爆発的に放出されて、雪崩(なだれ)が起きた。

「うるさい黙れ」

俺は頭の上にジャンプして、ゴツン！　と上から下に向かってアイスドラゴンの頭を叩いた。

頭を地面に叩きつけられたアイスドラゴン。

頭頂部はでっかい拳のへこみがついて、地面に叩きつけられた衝撃で蜘蛛(くも)の巣状のクレーターができた。

アイスドラゴンが舌を出してのびて、咆哮も空も山も収まった。

「……よし」

俺は手の中にある逆鱗、『オリビアの涙』を見て、満足げに頷(うなず)いた。

そのままアイスドラゴンを「放っておいたまま」、飛んでピンドスの街に戻った。

☆

「戻ったぞオルティア！」

「ヘルメスちゃん!?　また来たの？」

一日で二度来ることは娼館としては珍しいことだからか、俺がやってきたのを見てオルティアは驚いた。

「ああ、早く渡した方がいいって思ってな。これだろ？　『オリビアの涙』」

そういって、鱗をオルティアに差し出す。

「本当だ、ありがとうヘルメスちゃん」

オルティアは満面の笑みで抱きついてきた。

頬にキスもしてくれた。

「本当にありがとう、ヘルメスちゃん」

「一枚で足りるのか？」

「もちろん！　でも、すぐに手に入るなんてすごいね。どこかの商会に在庫でもあった？」

「いや、取ってきた」

「取ってきた？」

「そうだ」

「……今？」

「今」

俺は大きく頷いた。

そんなことよりも。

「これでいいオルティアになれそうか」

「え、う、うん……ヘルメスちゃんすごい……」

「よし」

オルティアが何か言ったようだけど、俺は「いいオルティア」になれるというので頭がいっぱいになってて、それは耳に入ってこなかった。

これで、オルティアは写真集で、いいオルティアになる。

その写真集、一〇〇冊は買っとかないとな。

そんなことを思って、興奮しながら、オルティアと別れて、屋敷に戻る。

さっきとは違って、ゆっくりとした歩みで。

すると、歩くペースに合わせてか、テンションが徐々に落ち着いてきた。

元の――普段のテンションに。

そして、ふと気づく。

オルティアも、姉さんも。

話の中で「難しい」って、言ってた?

それを俺は一瞬で……。

「やべ……」

俺は青ざめたが、時既に遅し。

オルティアの写真集、ということで興奮して暴走した俺は。
後日、姉さんが俺の残したアイスドラゴンをやっつけた痕跡をきっちり調査して。
俺の評価が、上がってしまうのだった。

114 能ある鷹は爪を隠せない

青い空、白い雲の下。

俺は庭にビーチチェアを出して、その上に寝そべってだらだらしていた。

体を撫(な)でる丁度(ちょうど)いい風、ゆっくり流れる雲に交互にやってくる日向(ひなた)と日陰。

だらだらするのに最適な天気だ。

そんな風にくつろいでいる俺の横で、エリカがべたべたくっついてくる。

べたべたというより、ゴロゴロっていった方がいいかもしれない。

機嫌の良い時の猫のように、俺に触れながらゴロゴロしてる。

エリカの「これ」にもすっかり慣れてしまって、その上最高にだらけるのに適した天気だから、俺は突っ込むのも面倒臭(めんどうくさ)くなって、彼女の好きなようにさせた。

しばらく無言で、スキンシップのみが存在する中でだらけていると、不意にエリカが口を開いた。

「ねえねえダーリン」

「んあ？　なんだ？」

「ダーリンって、アイギナの国王とのこと、いつ公表するの？」

「国王とのこと？」

なんの話だ？

「義賊団のこと」

「な、なんの話だ⁉」

だらけきった空気から一変、俺は盛大に動揺した。

思わず体を起こしかけたが、エリカにゴロゴロされていて、実質体を押さえつけられているような形になっていた。

「あはは、隠さなくてもいいよー」

「い、いやいやいやいやいや」

俺は盛大に動揺した。

すでに動揺してから、後悔する。

こんな反応をしてしまったら、答え合わせしているようなもんじゃないか、と。

俺はすっかり上がってしまった心拍数を、心臓のリズムを無理矢理戻して、エリカに訊き返した。

「なんのことだ？」

「あはは、ダーリンってば、もう隠さなくていいよ」

エリカはケラケラと笑った。

「この世ってね、三人以上が知っていることはいくらでも調べがつくものなんだよ」

「むっ」

俺は眉をひそめた。

三人以上——っていうのがどういう理屈なのか分からないけど、そういう話がはっきりと存在する、というのがエリカの口調から分かった。

同時に、エリカがただのカマカケとかじゃなくて、はっきりと確信していて、その上で訊いてきてることとを理解した。

俺ははあ、とため息をついた。

「誰かに話したか？　それ」

「ううん」

エリカは首を振った。

振った後に、ちょこんとあごを俺の胸板の上にのせてきた。

その仕草が可愛かった、この話をしている時じゃなかったら、好きにさせてのんびりと眺めているのも悪くない——って思えるような可愛らしい仕草だった。

だが、今はそうしてる場合じゃない。

エリカは首を振ったが、それでも俺はまだ落ち着かなかった。

「本当か？」

「本当だよ。だからいまダーリンに訊いてるじゃない。いつ公表するのかって」

「むむむ……」

なるほど、確かにそういう話なのか。

それを聞いて、俺はちょっとほっとした。

まだ話していないのなら――。

「あっでも、国王の師匠ってのはもうばらしちゃってるのかも」

「なんでさー！」

俺は悲鳴のような声を上げた。

いや、悲鳴そのものなのかもしれない。

「え？　ダメだったの？」

「ダメだよ」

「どうして？」

「どうしてって……」

「だって、ダーリンの御先祖様も、その時の女王の師匠だったし。そういう話はよくあるし。普通のことだよ」

「むむむ」

本日二回目のむむむ。

確かに、エリカの言うとおりかもしれない。

カノー家は初代が当時の女王の剣の師匠だということで、男爵位を授けられた。

それだけじゃない、国王といえば人間だ。

その上、国を治めるためには高い能力を必要とするから、普通の人間よりも学ぶことが多くて、いわゆる「先生」や「師匠」となる存在が多い。

剣の師匠、ということならまったく隠す必要はないんだが。

俺はがっくりした。

「そういうことじゃなくてな」

たとえ普通のことでも、それは注目をされる。

俺は、注目されて、能力があるってバレるのがいやなんだ。

俺ははあ、と小さくため息をついて。

「そもそも、なんでばらしちゃうんだよ」

「ダーリンがすごいってみんなに教えたかったの。すごい人の上にいる、ってのは民に分かりやすい『すごい』でしょ」

「まったくもってそうだよ！」

俺はやけくそ気味にいった。

それはエリカの言うとおりだ。

大衆は分かりやすいのを「すごい」って思う傾向がある。

ものすごい業績をあげた人でも、その業績を理解されないとすごいって思われない。

どうしても理解してもらうには、大衆が分かりやすいようにデチューンする必要がある。

そういう意味では、「すごい人の師匠」というのはものすごく分かりやすい典型例だ。

エリカがばらしたせいで、たぶん、また俺の評価が上がってしまったんだろうな……とちょっとがっくりきた。

とはいえ今更どうしようもないことである。

俺は諦めて。

「これからはあまりそういうのやめてくれ。広げるとか、宣伝するとか」

「どうして？」

「のんびりしたいから」

「うーん、分かった。ダーリンがそう言うのならそうする」

エリカは素直に頷（うなず）いた。

本当に分かってくれたのかちょっと怪しいところもあるが、信じることにした。

天気がいい、それに、顔をのせてくるエリカも可愛いのは可愛い。

俺は気分を切り替えて、再びくつろぎモードに入った。

しばらくして、メイドが一人やってくる。

「ご主人様。リナ様がおいでです」

やってきた若いメイドがそう言った。

「リナが？」

「はい。どういたしますか？」

「ふむ……ここで会おう。悪いがエリカ」

俺は顔をエリカの方に向けた。

「ちょっとはずしてくれないか」

「ぷぅー」

顔が膨れるエリカ。それも可愛かった。

「分かった。でも、後でまた可愛がってねダーリン」

いや今までも可愛がった覚えはないけど……やめとこ、話がブレる。

「分かった」

俺が素直に応じると、エリカは立ち上がって、満足した表情と足取りで立ち去った。

「呼んでくれ」

メイドに言った。

メイドは立ち去って、しばらくしてリナがやってきた。

俺はビーチチェアから体を起こして、両足を地面につけて座って、リナの方を向いた。

リナは俺を見るなり、しずしずと一揖した。

「お久しぶりです、先生」

「ああ、久しぶり。なんかあったのか？」

「二つあります」

ふむ。

「まずは久しぶりに先生の指導を」

「そうか。じゃあ、来い」

俺は立ち上がって、剣を抜いた。

もう一つのことが気になるが、自分だけならともかく、相手もいるということは、一つ一つ解決するしかないんだ。

まずは一つ目を解決していくことにした。

リナは剣を抜き、一礼してから、俺に斬りかかってきた。

実戦に近い形で、彼女の腕前の上達具合をチェックする。

……うん、よく練習している。

普段から真面目にやっているのがよく分かる。

いくつか仕掛けて様子を見た。

その対処も完璧だ。

人間、予想外のこととなると動きが崩れていくものだ。

どんなことでも、練習している時は決まった動きができるけど、予想外の事態になった時はなかなかそうはいかない。

それができるとしたら、練習の反復とか鍛錬とかで体に覚え込ませていなければできない。

それをリナはできた。

「うん」

一通りチェックが終わって、俺は頷き、一歩下がった。

リナも剣を納めて、訊いてきた。

「どうですか、先生」

「いい感じだ。今まで教えたの、全部マスターしてる感じだな」

「ありがとうございます」

「これも教えてやる」

俺は持ったままの剣を振るった。

ゆっくりと、分かりやすくして、新しい型をリナに教えてやった。

リナは目を皿のようにして、俺の動きを見つめた。

一通り型の実演が終わったところで、俺は剣を鞘(さや)に納めて、訊く。

「どうだ？」

「ありがとうございます！　頑張って覚えます！」

「うん。で、二つ目――」

「ダーリンのばか――」

「ぶほっ！」

まったく無防備なところに、横合いからエリカにタックルされた。

彼女が登場する時にいつもやる、タックル気味の抱きつき。

それにやられて、二人一緒に地面に倒れ込んだ。

「いててて……ど、どうしたんだ？」

タックルで俺を押し倒したエリカは、抱きついたまま、恨めしげな目を上目遣いでむけてくる。

「ダーリンのばか、エリカの前で他の女とイチャイチャしないで」

「イチャイチャって、今のは剣を教えてただけだろ？」

どこをどう見たらイチャイチャに見えるんだ？

「イチャイチャだよ！　ダーリンすごく親身になって、この子をひいきしてた！」

「それは……まあ」

親身とかひいきとかって言われるとそうなのかもしれない。

だって弟子だし。

真面目で、健気にも教えたものをちゃんと身につけている弟子がいれば、そりゃひいきもするってもんだ。

「エリカにもひいきして！　じゃなきゃ泣いちゃうから！」

「分かった分かった。後でな」

「本当？」

「ああ、今は話の途中だから、一旦もどってくれ」

「じゃあ指切り」

「はいはい、指切りな」

エリカにせがまれて、小指を結び合わせた。

それで満足したのか、エリカは再び立ち去った。

またタックルで乱入されないように、気をつけようと思った。

「ふぅ……」

「先生、今のは？」

「え？　ああ、うん」

リナに振り向くと、案の定、彼女は戸惑っている顔をしている。

さて、どうしたもんか。

ふと、さっきのエリカの言葉を思い出した。

カランバ女王エリカ・リカ・カランバ。

そんな彼女と仲がいい――それどころか侍らしている、って言ってもいいくらいの関係性。

それを知られると、分かりやすく評価が上がってしまう。

それは……よくない。

幸い、リナはまだ分かってないようだ。

だったら――。

「最近仲がいい子だ」

「そう、ですか」

リナは微かにうつむき、思案顔になった。

……うん？

なんで、今のでそんな深刻な思案顔になる？

気になって、素直に訊くことにした。

「どうしたんだリナ、そんな顔をして」

「能ある鷹は爪を隠すっていいます、先生」

「ん？　ああ、最初に会った時も言ってたなそれ」

よほどその言葉が好きなのか──と、見当外れなことを思ってしまった。

「カランバ女王にそこまでベタ惚れにされてるのにひけらかさないとは。さすがです」

「……え？」

なん、だって？

今リナ、なんて言った。

「し、知ってたのか彼女の正体を」

「はい、会ったことありますし」

「……あっ」

そりゃそうだ。

リナはアイギナの王族、エリカはカランバの女王。

面識があって当然だ。

「今日もそれが本当なのかを訊きにきましたから」

「……あっ」

そうだった、もう一つの用事があったんだった。

エリカの乱入で訊きそびれてしまったけど、リナは最初からそう言っていた。

って……ことは。

「さすが先生です」

「おっふ」

やっぱりこうなった。

リナの中で、俺の評価が不必要に上がってしまったのだった。

115 根は真面目

山の中のコテージ。
俺とエリカの二人っきり、着衣に乱れあり。
エリカは赤らんだ顔で、嬉しそうに俺を見つめている。
……。
…………。
…………。
待て、何がどうしてこうなった。
というか、俺は何をした⁉
思い出せ、思い出すんだヘルメス。
それはたしか……数時間前のこと――。

☆

屋敷からエリカに無理矢理連れ出されて、馬車に乗せられて数時間。

俺たちは、山中のコテージのようなところにやってきた。

ほどよく辺鄙で、ほどよく雅な環境。

そこで俺たちを出迎えてくれたのは、無愛想な雰囲気のヒゲ面の中年男。

俺たちを出迎えて、コテージの中の食堂みたいなところに通すと、男はさっさと奥に引っ込んでいった。

残ったのは俺とエリカ。

エリカは俺の横に座って、上機嫌でべたべたしてくる。

「ここはどこだ？」

「料亭だよ」

「料亭？」

「うん！　エリカ調べたの。ここ、ダーリンの領内で隠れた一番の名店。山の珍味を色々出してくれるところなんだよ」

「へえ……そんなのがあるのか」

俺は室内を見回した。

言われて見れば、それっぽい。

最初は食堂だと思っていたが、なるほど料亭だと分かればそのように見えてくる。

「しかしなんでまた」

「ダーリンとデート」

「あっはい」

その一言で全てを理解した、そしてそれ以上の理由を追及する必要はないしそもそも存在しないだろうと分かった。

エリカにとって、俺と遊ぶ以上の理由はないんだろう。

「ねえダーリン」

「ん？」

「ここ、温泉もあるんだ。後で一緒に入ろ」

「いや温泉は……」

猿が巨大化する恐れもあるし……と一瞬思ったが言わなかった。

そうこうしているうちに、さっきのヒゲ面の男が料理を持ってきた。

芳(こうば)しいが、複雑な香りだった。

色合いは濃くて、香辛料(こうしんりょう)がたっぷり効いたタイプの料理だった。

「やけに香辛料が使われてるっぽいな」

「うん！　エリカも下調べした時に気になって訊いたんだけどね、野生の獣の肉だから、香辛料をたっぷり使わないと獣臭くて食べれたものじゃないって」

「へえ」

そりゃ……そうか。

そういえば大昔に、何かの本で熊の肉の味について書かれてたのを思い出す。

完全に野生の熊の肉はまずいが、人里に降りて人間が食べてる物を食べた熊の肉はうまい、って。

やっぱり養殖とか家畜は偉大ってことだな。

「はい、ダーリン」

「ん？」

「あーん」

思考から戻ってくると、エリカが料理を一切れつまんで、俺に差し出してきてるのが見えた。

香辛料たっぷりソースたっぷりだからよく分からないが、たぶん何かの肉だろう。

いや、そんなことよりも……あーんだと？

「な、なんだ？」

「あーん」

「いや、それは」

「だめ？」

突き出した料理をちょっと下ろして、しゅん、となってしまうエリカ。

楚々として可憐な様子、そんな感じでしおれられると、極悪人になってしまったかのような気分になる。

すごく……断りにくい。

「そ、そういうのは人の目が」

「うん、エリカもそう思って、だから人が少ないところを選んだの」

「くっ」

思わず声が出た。

そうか、そういうことかエリカ。

なんで人里離れた名店をいきなり選んで連れてきたのかって思ったらそういうことだったのか。

だって、カランバの女王だ。

女王ともなれば、どんなごちそうだって取り寄せられるし、料理人ごと呼びつけるのも普通だ。

こんな山中まで来る必要性が一つもない。

それでも来たのは、俺がこのかわしをすると見越してのこと。人気がないから大丈夫だ、と。

くっ、策士だな、エリカ。

エリカはしっとりと言ってきた。

「ねえ、ダーリン」

俺は小さくため息をついた。

「しょうがないな」

俺は諦めた。

人気がない、つまり他に見てる人がいないっていうのなら、まあそれでいい。

別にあーんは嫌いじゃない。

オルティアのところで毎回のようにしてもらってるしな。

エリカのそれを断るのは、それが悪目立ちするからだ。

娼館で娼婦に「あーん」をしてもらったからといって目立つことはない。

ここでも、見てる人がいなければしてもらっても問題はない。

念の為にまわりの気配を探ってみる。

うん、本当に他に人はいない。

さっきの料理人らしき男と、馬車の馬の気配と、後は小さな野生動物らしき気配だけだ。

これならいいだろう。

「あーん」

「やったー。あーん」

エリカは大喜びで、摘まんだままにしてた肉の一切れを俺に差し出した。

俺はそれをぱくっ、と口にした。

頬張って、咀嚼する。

「ふむふむ」

「どう?」

「脂身はすくないな、野生だからかな。香辛料がたっぷり使われてるように見えるけど、口にしたら丁度いいあんばいだ」

「だよね」

「料理人のスキルの高さと、この人以外が調理したのを食べない方がいいってことが分かった」

こんなに香辛料使って丁度いいってことは、元の素材はものすごく獣臭いんだろうな、と想像にかたくない。

「じゃあ次……これもあーん」

「ん、あーん」

「こっちも飲んでみて、この店の手作りのバージンロードよ」

「バージンロード？」

「元々は娘が生まれた時に仕込んで、結婚する時に取り出して振る舞うことからつけられたお酒の名前だよ」

「へえ、ああ、結構いけるじゃないか」

俺はエリカに次々と「あーん」で食べさせてもらった。

うん、最初はどうなのかって思ったけど、美味い。

香辛料がたっぷり効いてる分、次々と入った。

料理も飲み物もすごく進んで、お腹が膨れてきた。

そして……

「ふえ？」

なんか、世界も、回り出した。

なんで回るんだ？　世界。

また師匠が揺らしてるのか、これ。

「ダーリン？　大丈夫？」

「んあ？　らいじょうぶらいじょうぶ。世界がぐるんぐるんしてるらけらから」

「……よし」

エリカは何故か小さくガッツポーズした。

「あえ？　なんか……料理の人がどこか行ったぞ？」

「行ってもらったの。ここから先は、エリカとダーリンだけの想い出だから」

「んあ？」

どういうことなのか理解するよりも先に、ひっついていたエリカは俺から離れて、目の前で服を脱ぎだした。

みるみるうちに、エリカは素っ裸になった。

「えりか……？」

「今度こそ、エリカをダーリンのものにして」

そして、抱きついてきた。

いや抱きつかれただけじゃない、俺の体に手を回したエリカは、服を脱がしてくる。

体が熱くなる、耳の付け根がカァッてなって、心臓がばくばくする。

プッツン。

耳元でその音が聞こえたと同時に、俺の意識が途切れた。

☆

ヘルメスはがっしとエリカの肩をつかんだ。

目は血走っていて、まっすぐエリカを凝視している。

「やった。さあダーリン。エリカを好きにして」

エリカは目を閉じた。

これからやってくるであろう、思いを遂げた瞬間の甘美さに思いをはせながら。

が、しかし。

想像していたそれは現実のものにはならなかった。

「エリカ」

「え？　ダーリン？」

「そこにせいざ」

「ふぇ？」

「正座すりゅ！」

「は、はひ！」

目を開けたエリカは、目が据わってるヘルメスの勢いに押されて、椅子の上で正座した。

そのポーズのまま、おそるおそるたずねる。

「ど、どうしたのダーリン。違う意味で怖いよ？　どうせ怖いことするならエリカをめちゃくちゃにした方がいいな――」

「それはいかんぞ、いかんぞエリカ！」

「え？」

「おとこを酔わせて、おそわせるとかだめぜったい！」

「……」

エリカはぽかーんとなった。

予想の百八十度正反対の光景に、さしもの賢女王も思考がフリーズする。

「そんなのでうれしいのか⁉　だめ！　もっとじぶんをたいせつにしる！」

ヘルメスはろれつもろくに回らないまま、エリカに説教した。

こんこん……こんこんと。

まるで堅物親父(かたぶつおやじ)のように、エリカに説教した。

その説教は――

☆

意識が戻る。

目がしょぼしょぼする、頭がズキズキする。

喉(のど)の奥もヒリヒリするし、思考がまとまらない。

これは――酒か？

酒なんて、いつ飲んだんだ？

「おはよう、ダーリン」

「……えりか？」

俺はぱっと体を起こした。

気を失っていた俺は、エリカに膝枕をしていたようだ。

それでぱっと弾かれるように起き上がるが——更に驚く。

エリカは裸だった！

「え、えええええりかさん⁉　って俺も⁉」

遅れて気づいたのは、俺も服がはだけていることだ。

俺は青ざめた。

酒、記憶がない、二人とも着衣の乱れ。

それらが意味するものは——。

ま、まままままままっままま——。

お、おおおおおおおちつけおれ、おちつくんだだだだだだだ。

「大丈夫、ダーリン」

「えええええええりかひゃん⁉」

更にパニックになって、声が裏返った。

「なあにダーリン」

「お、おおおれ、エリカに何か――」

「大丈夫、何もしなかったよ」

「え？」

俺はきょとんとした。

「何もしなかったよ」

エリカは同じ言葉をリピートした。

本当に、何もなかったのか？

もしそうなら――と、最低なことをしでかしてなかったことにほっとする俺だったが。

「何も、しなかった？」

「うん、ダーリンとはまだ何もしてないよ」

「そ、そうか」

「だから、大好き」

エリカはそう言って、キスをしてきた。

俺の顔にキスの雨を降らせてきた。

理解が追いつかなくて、ぽかーんとなってしまう。

何もしてない、だから大好き？

それ……どういうことなんだ?

まったく分からない、分からないが。

「うふふ」

エリカはご満悦(まんえつ)な顔をしている。

一体、何がどうなっているんだ?

116 確定でバレる

昼下がりの屋敷、執務を終えた後のくつろぎタイム。

リビングの中で、俺はくつろぎながら、エリカにべたべたされていた。

もはやなじみとなってしまった、エリカのべたべた。

慣れって怖いもんだ。

今更この程度――と思った俺は彼女の好きなようにさせた。

「……ねえダーリン」

「どうした」

ふと、エリカが思い出したように訊いてきた。

俺にべたべたしていたが、体を離して、まっすぐ見つめてくる。

声のトーンがいつになく真剣だと思えば、見つめてくる目もかなり真剣だ。

何事だ？

「ダーリンって、注目されるのがいやなの？」

「……なんで急にそんなことを？」

「本当にそうなの？」

「まあ、そうだな」

俺は静かに頷いた。

隠すことじゃないし、むしろエリカくらい俺をずっと見てたらいやでも分かるものだろう。

だから隠し立てしないで普通に頷いた。

「どうして？」

「そりゃあ、注目されて、力があるって分かると面倒臭いじゃないか」

「面倒臭いの？」

「ああ。面倒臭いね」

実に面倒臭い。

これはもう、体験済みだから自信を持ってはっきりと言える。

「というか面倒臭いだけならまだマシな方だ。力があるって分かられて、それで頼られて頼られて、次々と『あんただけが頼りだ』って逃げ場がないようにされて、過労死寸前まで働かされることもよくある」

「……そうね、そういうケースもあるよね」

エリカはうつむいた。

心なしかシュンとしおれている。

いつもの彼女らしくないと思った。

いつものエリカなら、「それは力ある人の義務だよ！」とか「ダーリンなら小指一つでちょちょいのちょいだから過労死しないよ」とか。

その手のことを言ってくるもんだと思ってた。

だが、エリカはそうは言わなかった。

どうしたんだろうと思っていると、彼女は顔を上げて——悲しんでいるやら誇らしげやらの、とても複雑そうな顔をしていた。

「ねえダーリン知ってる？」

「んあ？」

「リカ様ってね、実は過労死だったんだよ」

「なに」

びっくりした。

思いっきりびっくりして、目を見開く勢いでエリカを見た。

リカ・カランバ。

エリカが信奉し、名前を「拝借する」ほどの人物。

カランバ王国史上最高の賢王と呼ばれた女だ。

エリカはフッと笑い、さらに複雑になった表情で続ける。

「もちろん、歴史書にはそんなことは書かれてないよ。でも、研究を進めていけばいくほど、そうだとしか思えないんだ。豪腕で厳しくて。他人にも自分にも厳しい人。毎日夜遅くまで数百件の政務を隅から隅まで目を通して、食事は合間に味の濃いものを適当にかき込むだけ」

「……そりゃ早死にするわ」

エリカの話をざっと聞いただけでも、もう早死にするタイプにしか聞こえなかった。

そういうタイプだったのか、リカ・カランバというのは。

「でも、名君が過労死したなんて外聞が悪いから、公式では否定してるの。歴史上最高の名君は神格化しないとダメなのよ」

「だろうな」

「でも状況的にそうとしか思えないし、知ってる人は結局知ってるし、秘密なんて三人知ってれば結局漏れるものだから」

「前も言ってたなそれ」

エリカ一流の表現に、俺は微苦笑した。

だが、まさにそれだ。

力があるって知られると、その人間のところに仕事が次々と集まる。

この世で一番暇なのは無能な貴族。

そこそこに忙しいのは庶民。

有能な貴族は、朝から晩まで休みなく働かされるもんだ。

だから俺は、力を隠して、ひっそりと生きたかった。

「まあ、それなら話は早い」

俺は微苦笑したまま、肩をすくめて、エリカに言った。

「そういうわけだから、俺は目立ちたくないいんだ」

「うん、納得した。なんでだろうって思ってたけど、ダーリンがそういう考えだって知って納得した」

そう言いながら、エリカはうつむき加減で、思案顔をする。

分かってくれたか。

もしそうなら……ありがたい。

生まれて初めて、俺の「本気出したくない」に協力してくれる子になってくれるのかな、エリカは。

そのエリカは、ふっと顔を上げて、満面の笑みを浮かべる。

「じゃあ……目立たなきゃいいんだよね」

「目立たなきゃいいって——どういうこと？」

「待ってててダーリン、エリカ頑張ってくるから！」

エリカはそう言って、ぱっと立ち上がって、部屋から出ていった。

「お、おい」

急なことに出遅れた俺。

引き留めようと伸ばした手が空を切る。

……頑張るって、何を？

何を頑張るっていうんですかエリカさん。

悪い予感がした。

すごく悪い予感がした。

ものすごく悪い予感がした。

どうしようもなく悪い予感がしたけど、こっちから動くのもますます状況を悪化させそうだし、「目立たなきゃいい」っていうエリカの台詞（せりふ）がストッパーになった。

執務と同じで、そのコンセプトを守ってくれたらいい——のか？

と、俺は思ったのだった。

☆

数日経って、執務が終わった後の執務室。

ミミスたちと入れ替わりに、姉さんが部屋に入ってきた。

「お疲れみたいね、ヘルメス」

「姉さんか、まあそこそこにな」

俺は椅子に座ったまま、伸びをする。

だらだらとやってても、執務は執務。

結局は疲れて、肩がこってしまう。

俺は伸びをして、ぐるぐると肩やら手首やら、あっちこっちの関節を回して、こりを自分でほぐしていった。

「今日は誰もいないのかしら？」

姉さんはそう言いながら、ニヤニヤしていた。

彼女は俺が、他の女の子と仲良くしてると嬉しがる傾向がある。

ここ最近、ずっとエリカが通い妻状態で俺にべたべたしてたから、それを見てた姉さんはいつ見ても上機嫌だ。

「まあ、そうだな」

「エリカ様はいらっしゃってないのですか？」

「ここ数日見てないな。まあ、彼女も忙しいんだろう」

何せカランバの女王だ。

エリカは俺に入れ込んでいるからといって、政務をおろそかにするような女じゃない。

そこは彼女が信奉するリカ・カランバと同じで、執務に励んで、残ったすべての時間を好いた男に捧げる、というやり方をとった。

来られないということは、その分忙しいってことなんだろうな。

「そうですか。予想以上に忙しいようですね」

「んあ？　なんか知ってるのか姉さん」

「ええ。エリカ様、『カケルの儀』で忙しくしていると噂で」

「かけるのぎ?」

なんじゃそれは。

「知らないのですかヘルメス」

姉さんはそう言うと、またちょっとニヤッとした。

……あっ、悪い予感がする。

数日前に感じたヤツがぶり返してきた。

「待ってくれ姉さん」

俺は手をかざして、もう片方の手でこめかみを押さえた。

「どうしたのヘルメス」

「その、かけるのぎ、ってのはなんなんだ?」

「男の人が知らないのも無理はないですね。五大国の貴族――特に王族の間に伝わる儀式よ」

「儀式」

「その家の当主が女性になった時、様々な事情からお婿さんを公の場に出したくない時にするものなの」

「……へえ」

「みんな事情が色々あるのよ。身分違いの恋だった時とか、ねえ」

「なるほどな」

戯曲なんかによくある話だ。

「その『カケルの儀』を行うと、この女の当主には表に出したくないけど伴侶はいるんだ、ってことになるの。それは秘密にされる」

「秘密に」

「王族がするとそれはかなり厳しいものになるのよ、漏らした人は下手したら死刑にされるくらい厳しいのですよ」

「……そうなのか」

俺は頷き、合点がいった。

なるほど、エリカがあの日最後に言ってた「頑張ってくる」ってのはこのことなのか。

漏らした人間が死刑になるくらいの厳しさなら、結構な効力はあるんだろう。

エリカは特に容赦がない。

本気で漏らした人間を死刑にしかねない。

その相手が……まあたぶん俺で、俺を伴侶にするという話はちょっと引っかかるが、これならいっか、と思った。

思ったのだが……姉さんは何故かニヤニヤしていた。

「どうした姉さん。またなんかあるのか？」

「なんでもないですよ。そういえば彼女、こんなことも言ってたわね、と思いだしただけ」

「こんなこと？」

「『三人が知っていれば秘密は秘密じゃなくなる』って」

「……あっ」

「うふふ。謙遜に何かを隠そうとした時、バレた時が余計大変になるわね」

俺は頭を抱えた。

そっちは姉さんが前に言ってたことだ、しかも実証済み。

ってことは、エリカの言ってたことも……？

ヤバい、ヤバいどころじゃない。

三人どころか、この話は最低でも四、五人、下手したら十人くらい知ってる話だ。

こんなの、広まるに決まってるじゃないか……そしてバレて余計に大変なことになるじゃないか。

「……おっふ」

117 悲劇の喜劇（前編）

あくる日の執務室。
執務室に入って、当主の席に着く俺。
さあ執務開始、と思ったらいつもと様子が違うことに気がついた。
家臣団じゃなくて、ミミスが一人で立っている。
しかもそのミミスが、いつになく真剣な――いや深刻な表情をしている。
いつもは渋い顔だがそれは真剣みが強いだけで、こんなに深刻って顔じゃない。
それに……何も持ってない。
普段は大量に報告用の書類を持っているのに、今日は何も持ってない。
他の家臣たちも一人もいない。
……何があったんだ?
「どうしたミミス」
「緊急事態です、ご当主様」

「緊急事態？」

頭がシャキっとした。

どうやら、今日はのんびり構えて「よしなに」だけ言ってればいいって状況じゃなさそうだ。

ミミスがここまで深刻で、かつ「緊急事態」ってストレートに口にするってことは。

面倒臭い、って言ってられるような事態も超えているのかもしれない。

……まさか。

「また隕石が落ちたのか？」

真っ先に、俺はそれを思いついた。

俺が当主になったきっかけ、その後もずっと俺に取り憑いている、謎の隕石落下。

それがまたどこかで起きたのか？　と思った。

「いいえ、そうではありません」

ミミスはきっぱり否定した。

「もっと緊急事態です」

「どういうことだ？」

「アクリスの異常繁殖が確認されました」

「アクリス……？　なんか聞いたことがあるな。なんだっけ」

俺が訊くと、ミミスは手を挙げて合図を送った。

すると、一人のメイドがワゴンを押して執務室に入ってきた。

普段は執務中にここには立ち入らないメイド。

ミミスがあらかじめ待機させたんだろう。

そのメイドが押してきたワゴンの上に、白い皿があって、皿の上にパラパラと黒い豆粒のようなものがあった。

「こちらです」

「それは？」

「これがアクリスでございます」

「ふむ」

俺は立ち上がって、ワゴンに近づいた。

近くに寄るとはっきり分かる。

黒い豆粒のように見えたのは、ゴマくらいの大きさの虫だった。

虫は皿の上でうごめいている。

「これがどうしたって？」

「異常繁殖でございます」

「異常繁殖って、どれくらいだ？」

「数箇所の被害が出ている村や町からの報告は全て同じものでした」

「ん？」

ミミスの深刻さに、俺も引っ張られた。

直後、さらに驚かされることになる。

「空が消えた、と」

「空が消えた……まさか」

俺はハッとした、ミミスは頷いた。

「はい、大量に発生して、空が見えなくなるほどの数になった、ということでございます」

「うわぁ……」

それはまずい、と思った。

「まずいな、そんなに繁殖されると」

「はい。下手をすれば……国が滅びます」

「どういうことだ？」

俺が何も知らないと分かると、ミミスは説明モードに入った。

「このアクリスの真の恐ろしさは数ではありません。いいえ、数も驚異なのですが」

「まさか、人間を食ったりするのか」

「いいえ、このアクリスは肉はおろか、野菜――草木も食べません」

「じゃあ何が恐ろしいんだ？」

「真に恐ろしいのは――これが水を摂取することです」

「水を?」

「はい、水を摂取し、それだけで繁殖できます」

「水か」

「はい、水のみです」

「水のみか……って水?」

「はい」

ミミスははっきりと頷いた。

「その数で」

もう一度、はっきりと頷くミミス。

俺は驚愕した。

複数の村や町で報告されるほどの、「空が消えた」ほどの数。

それが一斉に、水を摂取して繁殖する。

それは……ヤバすぎる。

川とか池とか、水が根こそぎ持ってかれるぞ。

「なんでまた……」

「分かりません」

ミミスは静かに首を横に振った。

「アクリスは通常時から自然に存在していますが、蝿(はえ)や蚊(か)と大差ない数で、かつこの図体(ずうたい)なのでなにも起きませんが、何かの拍子で異常繁殖します」

「……」

「そうなると大変です、これが通った後は水分が根こそぎ奪われます。既にいくつかの村は砂漠化しているとの報告も」

「砂漠化!?」

俺の予想したもの以上にヤバい感じだった。

「はい、土の中の水分も根こそぎ奪っていきますので。しかし、動植物からは奪えないので、それが逆に真綿で首をじわじわ絞(し)めるようなことに」

「それはヤバいな」

「如何(いかが)いたしますかご当主様」

前提となる報告が終わって、ミミスは俺に訊いた。

「どうすればいい?」

俺はそのままミミスに投げ返した。

今はこうするしかない。

俺はアクリスについてほとんど何も知らない。

説明を受けても、実態は俺の想像の遙か上をいっていた。

この状態でなにか決断をするのはよくない。

まずは情報を。

徹底的に情報を、と思ってミミスに一旦投げ返した。

「まずは、アクリスの進路の見極め、しかる後にルート上の住民の避難、村や町の放棄」

「放棄?」

ちょっと驚いた。

「はい、あれは紛れもなく天災。どうしようもありません」

「退治は?」

「これが『空が消えた』くらい繁殖し、それが更に複数箇所ともなると、数は少なく見積もっても数千億という域にあるかと……」

ミミスはため息をついた。

その先の言葉は口にはしなかったが、よく分かる。

退治できるようなレベルじゃない、まずは逃げて、「嵐」が去るのをじっと待つしかないんだ、と。

皿の上にのっているごま粒のような虫を見た。

たしかに、これが数千億ってレベルなら——ふつうの方法じゃ退治は無理か。

「……分かった、すべて任せる。緊急事態だ、やれることは全部やっておけ」

「かしこまりました」

ミミスは執務室から退出した。

「……しょうがないな」

俺はやれやれとため息をついて、立ち上がった。

☆

空から、地上を見下ろした。

前にも来たことのある草原が、今は真っ黒だ。

この高度、この距離。

ここから見ると、もはや黒いじゅうたん、のようにしか見えない。

時々元の草原のように、波打ってうねっているのが、それが黒に染まった大地じゃなく、アクリスの群れであることを主張している。

黒い集団の最後尾を見た。

通った後は、草が散乱している。

草からは水を奪えなかった。

しかし草原の土からは根こそぎ水分を奪っていった。

その結果、草原の至るところが掘り返されたような形になって、掘り返されたところは例外なく砂地に変わり果てている。

「ヤバいどころじゃないな」

空の上で、俺は独りごちた。

実際に自分の目で確認するとよく分かる。

これは——放っておいていいものじゃない。

すう……と息を深く吸い込んで、俺は魔法を唱えた。

詠唱つきの、広範囲を焼く大魔法だ。

あのスライムロードすら焼き尽くした炎の魔法は、アクリスの集団を呑み込んで、完全に焼き尽くして消滅させた。

黒いじゅうたんの上に、煙草を落としたかのように穴が空いた。

しかし——。

「再生に見えるぞちくしょう」

思わず悪態を吐いてしまうほどの事態がおきた。

焼き尽くして穴を空けたアクリスの集団は、すぐさま再生をしたかのように、またびっしりとアクリスで埋め尽くされた。

繁殖しているのか、それとも単に数が多くて「列を作り直した」だけなのか。

「……両方か」

目をこらすと、はっきりと増えているのが見えた。

土の中から水分を摂取しただけで繁殖しているようだ。

これは、放っておけばおくほど、大事になってしまう。

「ちまちまやっててもしょうがない——いくぞ」

カッと目を見開き、魔力を高める。

スライムロードを焼き尽くした時の一〇〇倍に及ぶ範囲の炎の魔法で、アクリスを焼いた。

炎の竜巻がアクリスの集団を呑み込んだ。

呑み込んで、焼き尽くしたあと、黒いじゅうたんは再生したような光景になるが——。

「ふう、ちゃんと薄まっているな」

空から見下ろしたら、真っ黒じゃなくて、少しは地面が見えるように、まばらになった。

数は着実に減っている。

俺は少しほっとした。

これは要するに、増える以上に減らせばいいってことだ。

「ことわり」が通じない集団だったら困ったが、そういうことならどうとでもなる。

「ちゃっちゃとやるか」

俺はさらに、魔力を練って炎の竜巻を放った。

アクリスを次々と焼いていった。

焼くごとにアクリスの集団は「薄く」なっていく。

それだけじゃない。

ある程度の薄さになると、今度は集団の範囲が縮小されていった。

着実に数が減ってる。

それでますますいけると思った俺は、さらに数発の炎の竜巻を放った。

合計十数発放って、スライムロードにかかった数百倍の魔力を使って、アクリスの集団を全滅させた。

「よし、ここはこれでいっか」

空から見下ろしながら、額に浮かんだ豆粒大の汗を拭う。

アクリスが見えなくなったから。

「つぎ」

そうつぶやいて、俺は報告を受けた、次の場所に飛んでいった。

☆

一通り焼き尽くした後、屋敷に戻ってくる俺。

リビングの中、夕日の中でぐでっとなった。

疲れた。

久しぶりに疲れた。

こんなに疲れたのは久しぶりだ。

今日はもう……何もしたくない感じだ。

だが。

「ここにおられましたか、ご当主様」

リビングにミミスが飛び込んできた。

彼が執務室じゃなくて、パーソナルなスペースにやってくるのはものすごく珍しいこと。

俺はソファーの上でぐでっとなったまま、訊いた。

「んあ？　どうした……」

「大変なことがおきました」

「また？」

「アクリスの件でございます」

「ああ……消えたんだろ、謎の現象で。それは――」

「いいえ、それから再生したとの報告が」

「なんだと!?」

俺は体を起こした。

ソファーに倒れていたのだが、起き上がって、ミミスをじっと見つめた。

「状況を追いかけさせている者の報告によれば、原因不明の熱風に次々と呑み込まれましたが、数匹が残っていたようで、そこから倍々ゲームのごとく再生したとのことです」

「なに!?」

「しか、今度は水を必要としないようです。見ていた者が言うには、まるで進化したようだ、と」

「……種の存亡危機に追い込まれて進化した、ってことか?」

「おそらくは」

「くっ」

☆

夕暮れの中、俺はさっきの草原に飛んできた。

見下ろした先は、アクリスの集団がいる。

びっしりと、まるで黒いじゅうたんのように再生している。

夕暮れに照らし出されるそれは、真っ昼間とは違った不気味さを醸し出していた。

「本当に再生してる……」

俺はげんなりした。

空から見下ろしただけで、全滅だと思ったのがまずかったみたいだ。

ちゃんと、全滅させないとダメだったんだ。

「これは疲れるからいやなんだが――しょうがないか」

目を閉じて、詠唱する。

昼間、集団を焼き尽くしたのと同じくらいの魔力を使って、一粒の黒い玉を産み出した。

高い魔力を凝縮させてつくった弾を、アクリスに投げる。

その弾は一匹のアクリスに当たった。

呑み込んで、弾が二つに増えた。

二つの弾がそれぞれまたアクリスに当たって、呑み込んだ。

そして、それぞれ分裂して、四つになった。

それが次々とアクリスを呑み込んで、次々と増えていく。

途中で爆発的に増えていき、瞬く間にアクリスを全滅させた。

俺は地上に降りた。

増殖した黒い玉が、呑める物がなくなって次々に破裂していく中、目を皿のようにしてまわりを見回す。

今度はちゃんと、アクリスが全滅したのを確認してから、次のポイントに飛んでいった。

この日、あっちこっちに飛んで「ブラックホール」を使って回った俺は。

人生で、一番疲れる一日になった。

118 悲劇の喜劇（後編）

次の日、俺は朝から寝室にいた。

庭じゃない、リビングでもない、執務室とか論外。

自分の寝室にいて、ベッドの上に寝っ転がったままだった。

射しこむ朝日がまぶしくて目を覚ましても、起き上がってカーテンをひくとか、メイドを呼んでそうさせるとか。

そういう元気がまったくなくて、ただただ、ベッドの上でぐったりしていた。

原因は、昨日のアクリス。

各地に発生したアクリスを殲滅（せんめつ）して回ったら、人生で一番疲れる一日になった。

それで屋敷に戻ってからベッドに直行して、泥のように寝た。

一晩寝ても疲れがまったく取れなくて、目覚めても何もする気力がおきなかった。

こうして、ただただぐでっとしていたい。

少なくとも今日一日はこうしていたい。

幸い、誰も訪ねてこな――。

「ダーリン！」

「……」

「ダーリン？　大丈夫、なんかすごく疲れてるっぽいけど」

「あぅあぅ……」

と思ったら、誰かが来たみたいだ。

聞き覚えのある声だが、頭が働かない。

目を動かして、見て確認する気力もない。

当然返事するのもおっくうだ。

もう……面倒臭いから、このままぐでっとしとこう。

「ダーリン本当に大丈夫？　こんなに疲れてるダーリン初めて」

「……」

「なんか心配。どうしよう、典医を全員呼んだ方がいいかな。時間かかるけど……うん」

「……」

ぎゅるるる、となんかの音が鳴った。

……。

………。

ああ、俺の腹の音か。

思考能力が死に絶えてて、それを理解するのにも時間がかかった。

うん、腹が減った。

どうしようか……。

こんなにだるいんじゃなかったら、空気中から魔力を喰って、やり過ごせばいいんだけど、それは疲れるからなあ……。

しょうがない、放っとくかあ……。

「そっか！　お腹が空いたんだねダーリン！　まかせて、エリカがご飯作ってきてあげる」

パタパタパタと、足音が去っていくのが聞こえた。

……。

ああ、さっきの声の主が立ち去ったのか。

それは助かる。

今は放っておいて欲しい。

声も聞こえないのが一番楽だ。

次第に窓からの直射日光が止んだ。

貴族の寝室は、朝一番に直射日光を受けて、その後は「暗くなりすぎない程度の日陰」になるように方角と窓の位置と大きさが設計されている。

起きた直後はまぶしかったが、ぐでっとした甲斐があった。

空が青い。

見ていて心が洗われるようだ。

窓を開けば風が気持ちいいんだろうなあ……動くのおっくうだからこのままでいいけど。

俺は、ぼんやりと窓の外の青空を眺めながら、ぐでっとしていた。

それからどれくらいの時間が経ったのだろうか。

パタパタパタ。

と、誰かの足音が聞こえた。

「お待たせダーリン！」

「……」

「ダーリン、全然動いてない……。そんなに疲れてるんだね」

「……」

「でも大丈夫！　エリカがすっごい精のつくものを作ってきたから。死にかけの人も飛び上がって鼻血を噴くくらいのすっごい伝説的な料理だから」

「……」

「エリカの腕じゃ完全再現はできなかったかも知れないけど、その分愛情を込めたから！」

やってきた人が、何か色々言ってる。

何を言ってるのか頭に入ってこない。

やけに必死なことだけは分かった。

分かったけど、今はそれも、どうでもいい感じだ。

「はいダーリン、あーんして」

「……」

「ええっ!?　口も開かないの？　どうしよう……あっそうだ」

「……」

「ダーリンに口移ししちゃおうっと」

誰かが顔に近づく。

唇に何か柔らかく、温かく、いいにおいのするものが触れてきた。

なんだこれは――と思うよりも先に、何かが口の中に入ってきた。

舌が反応した。

これは――料理だ。

美味しい料理だ。

頭が働かなくても――いや、いまこういう状態だからこそ。

体が、ストレートに「美味しいもの＝栄養のあるもの」って感じて、受け入れ態勢になった。

俺はそれを飲み込んだ。

味が——エネルギーが。
五臓六腑に染み渡った。
うん……美味しい。
美味しいってのが、分かるようになってきた。
「どうかなダーリン、もっと食べる?」
「……」
またなんか言われた。
なんだ——もっと食べる、か?
美味しいものでちょっとエネルギーが入ってきたから、頭が少し回るようになった。
何かを食べさせられて、それが美味しくて。
食べさせてくれた相手が「もっと食べる?」って訊いた。
そういうことなら——もちろん。
俺は頷いた。
するとまた柔らかいものが当たって、美味しいものが口の中に入ってきた。
さっきの様に丸呑みじゃなくて、何回か咀嚼して、飲み込む。
うん、美味しい。
今のはなんかの肉だな。

分かるようになったぞ。

「薬膳酒も用意したから、飲んでみて」

また柔らかいものが当たる、今度は何か液体が入ってきた。

液体？　って思ったけど、まあ大丈夫だろう。

それを飲み干す。

すると体がほてっとなった。

またちょっと、元気が湧いてきた。

「あっ、顔色よくなった。えへへ、ダーリンが元気になると嬉しいな」

「……うぁ」

ちょっとだけ元気が戻ってきたから、食べさせてくれたのは誰なのかを見るために、首を回した――その時。

パリーン！

なんかの音がして、人の気配が一つ増えた。

「甥っ子ちゃーん、あーそーぼー、なのだ！」

「ちょっと、大声出さないでカオリ様」

「ほえ？　姪っ子ちゃんなのだ。あれ？　甥っ子ちゃんどうしたのだ？　もしかして死んでるのだ？　死んでから三秒までなら私が復活させられるのだ。お父様直伝三秒ルールなのだ」

「だから大声を出さないで‼」

最初の人と、後から入ってきた人。

二人が、大声でなんかない言い争っていた。

「それに死んでなんかないもん！　ダーリンが死ぬわけないもん。なんか分からないけど疲れてるだけだから」

「そうなのだ？　――ホントだ、生命力が大分落ちてるのだ。いつもの甥っ子ちゃんじゃないのだ」

「でしょう、だから大声出さないでください」

「ふむふむ……分かったのだ、ちょっと待つのだ！」

パリーン！

また音がして、気配が一つ消えた。

「ああもう！　なんで割った窓からじゃなくてわざわざもうひとつ窓を割って出ていくのよ！うるさくてダーリンが困るじゃない！」

「……」

「もうさいってい！　あっ、ごめんダーリン。また食べる？　あーんできる？」

「……んぁ」

なんかうっすらと、「あーん」っていうのが聞こえた気がした。

俺は口を開いた。

すると柔らかい感触をすっ飛ばして、直接料理が口の中に入ってきた。

次々と料理が口の中に入ってきた。

俺が咀嚼して、飲み込むのを待って、いいタイミングでまた次の料理が口の中に入ってきた。

誰なのかは知らないけど、俺は感謝した。

体力が回復したら、ちゃんとお礼を言っとかないとな。

パリーン！

「戻ったのだ！」

「三枚目！　どうしてわざわざ割るのよ」

「私が通る道にあるのがいけないのだ。人間は壊さないけど、ものは関係ないのだ」

「もう！　そういうとこ本当に魔王ね！」

「それよりもクリスタルドラゴンの仔をさらってきたのだ、こいつの肝っ玉をとってきたのだ。

疲労回復によく効くのだ」

「クリスタルドラゴンって、あの特Ｓクラスの危険度の？」

「人間が決めた基準なんて知らないのだ」

ズパッ！

「あっ、首が落ちた」

「ここからこうして——はい、肝っ玉なのだ」

「小さい、肝って、こんなに豆粒くらいの大きさなの？」

「そうらしいのだ。これを甥っ子ちゃんに飲ませるのだ」

「大丈夫なんでしょうねそれ」

「甥っ子ちゃんは大事な人なのだ」

「……分かった」

また、何かが口の中に入ってきた。

これは……豆か？

今までの物とまったく毛色が違う、ちっとも美味い感じがしない。

むしろ——生臭くてまずい？

だけど、エネルギーを感じた。

俺はそれを飲み込んだ。

ごくり、と喉を通って、腹の中に収まった。

直後、みるみると力が体に染みこんできた。

純粋な力、失った体力を補ってくれる力だ。

「……カオリ、と、エリカ？」

「ダーリン！」

「おー、甥っ子ちゃん元気になったのだ？」

なんでカオリとエリカが？

いや、さっきから気配が二つあったっけ。

「って！　窓ガラス!?　それになにその水晶っぽいトカゲみたいなの」

「よかった！　ダーリンが元気になったのだ」

「え？　ああ、まあ……まだちょっとだるいけど」

「なるほど、まだまだ元気じゃないのだ？　さすが甥っ子ちゃん、クリスタルドラゴン一頭分じゃ足りなかったのだ。体力のタンクが底なしなのだ」

「当たり前じゃない、ダーリンなんだから」

「それもそうなのだ」

「ダーリンにもっともっと元気になってもらわなきゃ。はいダーリン、あーんして」

「私も色々持ってくるのだ」

エリカが料理を俺に差し出し、カオリは四枚目のガラスを割って外に飛び出した。

何がなんだかよく分からない、頭がまだ回っていない。

いない、が。

回ってない分、考えるのも面倒臭くなった。

状況は把握（はあく）した。

何もしなくても、至れり尽くせりの、上げ膳据え膳状態だ。

だったら、何も問題はない。

俺は考えることをやめて、この日、ずっと二人の好きにさせたのだった。

☆

次の日。

エリカとカオリのおかげで、前の日に盛大に使った魔力の反動が抜けて、俺はすっかり元気になった。

朝起きて、さて今日は庭にでてゴロゴロしようか、なんて思ったその時。

仕事の休憩中っぽい、メイドたちの世間話をしている現場に遭遇した。

「ねえねえ、昨日のあれ見た?」

「見た見た、すごいよね」

「魔王様とカランバの女王様だよね」

「あの二人がかいがいしくヘルメス様に仕えててさ。まるでメイドの様に」

「それを普通に受けるヘルメス様、やっぱりすごいよね」

「うん、本職の私たちの出番なかったけど、しょうがないよねあの二人じゃ」

「……」

えっ……あっ。

そう……なっちゃうわけ？

俺はがっくりきた。

何もしてないのに、本当に本当に何もしてないのに。

俺の評価が、またしても上がっちゃったのだった。

119 話が通じない男

ある日の昼下がり。

俺はいつものように、庭にビーチチェアを出して、くつろいでいた。

のんびりくつろぎながら、庭に飼っている愛犬にエサをやりつつ、ボールを投げたりしながら遊んでやった。

そうして、時間をつぶしていく。

ちらっと空を見上げる。

太陽の位置からして、まだ午前中か。

今日は、なんだか時間が過ぎるのが遅く感じる――。

「ヘルメス」

俺の頭の上に、にょきっと、顔を出してきた姉さん。

「うわっ！」

俺は声を上げて、思わずビーチチェアから転げ落ちた。

すぐさま犬がそばに駆け寄ってきて、ペロペロと顔を舐めてきた。

「あらあら、大丈夫ですかヘルメス」

「驚かさないでくれよ姉さん」

「それはごめんなさい。それよりもヘルメス、どうかしたのですか？」

「え？　なにが？」

俺は地べたに座ったまま、小首を傾げて姉さんを見上げた。

「普段と違って、やけにそわそわしているようですよ？」

「そわそわ？」

「はい。まるで彼女との初デートなのに、相手がいつまで経っても待ち合わせの場所に来なかった時の少年のような顔をしています」

「どんな顔だよ！」

思わず声を張り上げて、突っ込んでしまった。

そして、ちょっとぞっとした。

姉さんの観察力に。

たとえがおかしいけど本質的には同じことを、姉さんは言い当てていた。

そしてそれは、姉さんにかぎって当てずっぽうとかカマカケとか、そういう感じのことじゃあり得ない。

しっかりと裏をとって、確信を持って言っているんだ、姉さんは。

……俺をからかっているともいうが。

ともかく、俺は観念して、話すことにした。

「エリカ様がまだ来ないんだよ」

「エリカ様が？」

「ああ。今日の午前中には来るって連絡があったんだが、未だに来てなくてな」

「あらあら、それで恋煩い？」

姉さんは口に手を当てて、思いっきり嬉しそうな顔をした。

まるで恋バナを聞いた瞬間の女学生みたいな顔だ。

そこを突っつくと話が盛大に横に逸れるから、スルーした。

「そうじゃない。今まではこういうことがなかったんだ。エリカは来るって言えば来る――言わなくても来るけど。逆に来ると言って遅れたことはない」

「確かに。私が知ってる限り、エリカ様はヘルメスに会うために必死に時間を作っているようですしね」

何を知っているのか、も訊かないことにした。

藪をつっついたら蛇どころかドラゴンが出てきそうな感じだからだ、姉さんのそれは。

「それが来ると連絡があれば、何があっても時間通りに来るでしょうね。何かあったのかしら」

姉さんはそう言って、背後を振り向いた。

方角的に、カランバ王国がある方角——エリカがやってくる方角だ。

「そうだ、ヘルメス」

姉さんは俺に振り向き、手を合わせてまるでなにか妙案を思いついた、ような顔をした。

悪い予感がする。

「迎えにいってあげたらどうですか?」

「迎えに?」

「ええ」

「迎えに、か」

俺は考えた。

迎えに、か。

悪い予感はしたけど、そんなに悪い提案じゃなかった。

「ええ、そうですよ。この前ヘルメスがエリカ様のお世話になったのですから、それくらいのお返しはあってもいいのではありませんか?」

「それは……」

そうかもしれない。

かもしれないけど、それで俺がますます困った事態になってるんだが。

と、そんなことを言っても、姉さんには通じないよな。

それにまあ、普通はそこでお礼をするもんだってのも分かる。

病気じゃないけど、看病とほとんど同じなんだから、そのお礼はするもんだ。

「……いや、いいよ」

「あら、そうなのですか？」

「ああ」

俺は頷き、ビーチチェアに戻って、寝そべった。

姉さんは俺の横に立ったまま、風に吹かれた髪を押さえつつ、青空を見上げた。

同じように風に吹かれて、くつろごうとする俺。

……。

…………。

……………。

俺は、立ち上がった。

「あら、どうしたのですかヘルメス」

姉さんがこっちを向いた。

「ちょっと――どらやき買ってくる」

「はい、行ってらっしゃい」

何もかも見透かしたような姉さんの笑顔にふくれっ面で返して、俺は屋敷から出た。

庭から出て、敷地を出た途端、パピューンって感じで空に飛び上がった。

一瞬のうちにピンドスの街を出て、街道の真上を飛んでいった。

飛んでる最中も、下にある道を、目を皿のようにして見つめた。

馬車はもとより、エリカが歩いてたり、変装してたりしても見逃さないくらいの勢いで、じっと見つめた。

十分くらい飛んで、完全にピンドスを離れて人気のない野外まで来たところ。

「――っ！」

俺は息を呑んだ。

見慣れた馬車が、モンスターに襲われているのを見つけたからだ。

馬車のまわりを、モンスターがぐるっと包囲している。

護衛がそのモンスターと戦っている。

既に何人か護衛がやられてて、戦況はよろしくない。

俺は速度を上げて飛んでいき、馬車の前、護衛とモンスターの間に着地した。

「ぞ、増援か」

「うろたえるな、俺が来た」

「あ、あなたは」

「ダーリン！」

馬車の中からエリカがとびだしてきた。

ものすごい勢いで、タックルかってくらいの勢いで俺に抱きつき、首筋にしがみついてきた。

ああ良かった、全くの元気だ。

ケガ一つない、無事な状態だ。

俺はちょっとほっとした。

それでも念の為に訊いてみた。

「大丈夫かエリカ」

「やっぱり来てくれたんだね！　だからダーリン大好き！」

質問には答えてないが、元気なのと怪我はどこにもなさそうだってことが分かったからとりあえずよしとした。

「カ、カノー様。どうか陛下だけでも連れてお逃げ下さい」

エリカの護衛が、切羽詰まった声で言ってきた。

こんな時でも、見上げた忠誠心だ。

だからこそ、プライベート中のプライベートである、お忍びで俺に会いに来る時の護衛に選ばれたんだろうな。

「大丈夫だ」

「え？」

俺はまわりを見た。

遠巻きのモンスター、二十人いるうちの五人は倒された護衛。

普通にやってたら、戦力差にじわじわと殲滅されるだけだが――まあ問題ない。

「エリカ、下がってろ」

「うん！　ダーリンのかっこいいところ見てるね」

エリカは素直に俺から離れた。

護衛と違って、俺を信じ切っている。

俺は腰のボロ剣――初代当主の剣を抜いた。

そのまま、モンスターに斬りかかっていく。

自分が無双してモンスターを殲滅するんじゃない。

戦っている護衛とモンスター、やり合っているところを、横から隙を見て倒していく戦法をとった。

目撃者が多すぎるのだ。

これで普通に倒したら、また評価が上がる。

だから俺は、あえてハイエナのようにして、モンスターを倒すことにした。

しばらくすると、モンスターが一掃(いっそう)される。

それが終わって、護衛たちは一息ついたり、倒れた仲間の手当てを始めたりしていた。

「やったー、ダーリンすっごーい」

そんな中エリカが俺に抱きついてきた。

ちらっと護衛たちの方に目を向ける、半分くらい、不満げな表情だ。

「横からかっさらっといて」って目をしている。

よしよし、それでいい。

そういう流れが欲しかった。

倒したのは事実だけど、味方を利用したハイエナ行為だったからたいしたことない、むしろ卑怯(ひきょう)だ。

完璧(かんぺき)な流れだ。

後は向こうが勝手に不満を募(つの)らせてくれるから、俺はそっちは放っておいて、エリカの方を向いた。

「エリカは大丈夫か？　どこかケガとかは？」

「まったくないよ。ダーリンのおかげ」

「そうか」

エリカの「ダーリンのおかげ」も、いい感じに護衛の不満を集めてくれた。

よしよしこれでいい――と思った次の瞬間。

状況が更に一転した。

ぽふっ、って音がした直後、白い煙が地面から爆発的に広がった。

直前に見えたのは、モンスターの一体が破裂して、そこから煙が噴き出されたという光景。

「これは……催眠ガス!?」

煙を少し吸って、そうだと理解した。

少し遅れて、まわりはゲホゲホ咳き込んだり、次々と倒れていった。

立っている護衛も、倒れてて手当てを受けてる護衛も、全員が等しく、ガスにやられて眠りに落ちる。

「だー、りん」

エリカも例外ではなく、意識を手放した。

「おっと」

地面に倒れ込む前に、エリカの体を抱きかかえる。

様子を見ると――うん、寝てるだけだ。

何か副次的な効果があるとかじゃなくて、本当に普通の催眠ガスってだけのようだ。

ほっとして、エリカをそっと地面に下ろす。

「ほう、それは効かないのか」

男の声がした。

声の方に振り向くと、徐々に晴れていく煙の中から、一人の男が姿を見せた。

男は――モンスターを率いていた。

「何者だお前は」

「ラスレス・ミール」

「知らん、初めて聞く名前だ」

「カランバ王国の公爵――の、嫡男さ」

「カランバ公爵？」

俺はちらっとエリカを見た。

カランバの公爵ってことは、エリカの臣下か？

いや待てそれはおかしい。

「カランバの貴族がなんだってモンスターを従えている。それになぜエリカを襲った」

「ヘルメス・カノー。お前が邪魔なのだよ」

「はあ？」

なんじゃそれは。

こいつも質問に答えてない。

カランバの人間は全員質問に答えないクセでも持ってるのか？　って一瞬思った。

ラスレスはさらに憎しみのこもった視線で俺を睨む。

「お前さえいなければ、エリカ様は俺のものだったのだ」

「……ああ、そういう」

なんとなく納得した。

そういうことだ。

これ、横恋慕の逆恨みってヤツだ。

「俺は思ったよ、エリカ様はまだお若い、そしてお熱をあげている。今何を言っても聞き入れてくださらないだろう。だったら」

ラスレスはますます俺を睨んだ。

「その相手を排除すればいい、と」

「……」

なんというか――うん。

逆恨みのレベルが高いな。

そこで相手の排除――モンスターを連れてきてるんだから、この世からの排除、つまり抹殺ってことだろう。

恋のライバルを蹴落とすのはよくある話だが、そこで「抹殺」まで思考が飛躍することはなかなかない。

「それでモンスターを連れてきたのか」

「そうだ、俺が手を下したと分かったら、エリカ様はますます意固地になるだろうからな。モンスターにやられるという不慮の事故。それなら俺もエリカ様も、みんなハッピーになる」

えっと……俺は？

というか普通にそこ、エリカはまず悲しむよな。

とか、色々思ったけど何も言わなかった。

こいつ、話通じないな、ってはっきり悟ったからだ。

「さあ、おしゃべりはここまでだ。エリカ様が目覚める前に死んでもらおう。なに、殺傷力の高いモンスターを選んできた、苦しまずに即死させてやる」

「そいつらで俺を倒すつもりなのか？」

「強がるな。さっきのこいつらとの戦いで見た。その程度の力、肉壁がなければイチコロだ」

自分でハイエナ行為やっといてなんだけど、肉壁ときたか。

「……あれもお前の仕業か」

「そうだ」

「俺を誘き出すために？」

「うむ」

「……そうか」

腹の底から、静かな怒りが沸き上がった。

「お仕置きしないといけないな」

「はっ、いきがるな」

ラスレスは失笑した。

「エリカ様にいいところを見せられる場面で、その程度の力しか出せない男だ。こいつらで充分おつりがくる」

「……」

「さあ、やれ！」

ラスレスの号令で、モンスターたちは一斉に襲いかかってきた。

一閃。

抜き放ったままの剣を横薙ぎ一閃。

すると、十体くらいまとめて飛びかかってきたモンスターを、まとめて真ん中から上下に両断した。

「なっ……ば、ばかな」

「残念だったな」

「え？」

「俺はまだ、本気を出していなかったんだよ」

「……」

ラスレスは絶句した。

話が違うぞ、って顔で言葉を失っていた。

120 女王の記録

俺はラスレスを殴(なぐ)って、気絶させた。

さて、こいつをどうしようか。

エリカも気絶している。

そもそも、こいつはやったことをエリカに知られないように動いていたから、エリカはこいつがやったことはまだ知らない。

別にこいつなんてどうでもいいが、告げ口をするような形になるのはなんとなく気分の良いもんじゃない。

二度とこんなことができないように、死ぬほど脅(おど)かすか、また顔に入(い)れ墨(ずみ)でも入れるか。

そうやった上でどこかに捨ててくるか。

「どのみち、逆恨みの矛先(ほこさき)がエリカに向かないように、きっちりヘイトは俺に集めておくか」

そう思ったのは、こいつの思考がおかしいからだ。

エリカが好きだと言いながら、エリカをエサにして俺を誘(おび)き出した。

こんなやつの「好き」なんて信用できたもんじゃない。

エリカに逆恨みしてもおかしくない。

……あれだ。

博打（ばくち）で負けて帰ったあと妻に暴力を振るうダメ夫的なあれだ。

うん、簡単に想像できてしまう。

そうなるとエリカに近づかないように、重点的、徹底的にやるべきだな。

なら——

「ありがとう、ダーリン」

「どわっ！」

しっとりとした口調ながら、俺は盛大にびっくりした。

思いっきり驚いて、振り向く。

エリカが体を起こして、姫スカートが地面にふわりと広がった状態で座っていた。

「お、起きてたのか」

「うん、最初から」

「最初から？」

どういうことだ？

エリカはニコニコして、自分の胸元をそっと手を重ねた。

「実はねダーリン、このドレスは特注なの」

「特注のドレス？」

「うん、女王のための特注。命もそうなんだけど、貞操を守るための特注」

「貞操」

おうむ返しする俺。

「貞操帯、のようなものか？」

「それの超すごいバージョンだよ」

「超すごいバージョンか」

「うん、超すごいバージョン」

エリカは得意げに微笑んだ。

「物理攻撃、魔法攻撃の耐性があって。更に昏睡とか麻痺とか、そういう貞操の危機に直結するようなものを無効化できる効果があるの」

「そんなものがあるんだ……それ、高いよな」

「うーん、一着でダーリンの屋敷一軒分くらい？」

「高え！」

「安いと思うけどなぁ」

うーん……。

いやまあ、安いのか。

よく考えたら安いかもしれない。

女王の貞操だって考えれば、確かにそれくらいの金、安いもんか。

にしても……と俺はエリカのドレスをじっと見つめた。

目を凝らして、今までと違う「見方」をした。

本当だ。

よく見ないと気づかないような、トリガー発動タイプの魔力が、糸レベルで織り込まれている。

糸の一本一本がマジックアイテムだ。

そりゃ……屋敷の一軒分くらいはするわけだ。

「あっ、ちなみね。ダーリンがその気になって触ってくれたら、自動的にパージするようになってるから」

「なんでええ!?」

「エリカがいつもダーリンに心を開いて待ってるって伝えるためにだよ。あっ、もしかしてダーリンは自分で脱がす方が好きな方?」

「それは……」

……。

…………。

……………。

「……ノーコメントだ」

何をどう答えても、あらゆる意味で悪い方にしか話は転がらない気がしたから、俺は明言を避けた。

そして、話題も逸らした。

ラスレスをちらっと見て、話をそっちに向ける。

「ってことは、こいつとのやり取りも聞いてたのか」

「うん。ありがとうダーリン。エリカを助けてくれた」

「ああ」

どんな展開だろうと、あそこで助けないなんて選択肢はなかった。

俺は泰然としてそのお礼を受けた――が。

「それと、エリカのことも考えてくれて、ありがとう……」

「んぐ」

そうか、こっちも聞かれてたか。

しっとりとそれに対するお礼も言ってくるエリカ。

俺は言葉につまった。

こっぱずかしかった。

数分前に戻って、独り言をつぶやいた自分の口を縫い合わせてきたいくらいだ。

いくらなんでもそれはできない、本気を出したとしても巻き戻せるのはせいぜい一秒だ。

だから俺は、それをスルーすることにした。

「それよりも、この男をどうする?」

「エリカに懸想をしていたって、前々から気づいてたよ」

「そうなのか」

「うん、バカだから。自信家なのに大した実力もなくて。なのにウザくて」

「ウザいか」

なんとなく理解できてしまう、エリカのその感想。

「意味なく自信家で、相手が自分を好きになって当然。そうじゃなかったら相手が悪い、まわりの人間が悪い。全部が全部そうで自分だけは悪くない——って信じて疑わないタイプ」

「そりゃ最悪だな」

俺は呆れ笑いした。

それは、俺が知っている中でも特に最悪な部類だ。

話が通じないんだろうな……ああ、通じなかったな、うん。

そうやって俺が納得している間に、エリカはすっくと立ち上がった。

　そして俺をすり抜けて、倒れているラスレスの前に立った。

　何をするんだ？　――と思ったらおもむろに短刀を取り出して、倒れているラスレスの胸、心臓に突き刺した。

「エリカ⁉」

　あまりのことで止められなかった。

　エリカは立ち上がり、厳しい顔で俺に振り向いた。

「女王に危害を加えたから、死刑だよ」

「そりゃ……」

　判決として妥当だが。

　だとしても、女王自らがこの場でやることじゃないんじゃないか。

「エリカを使ってダーリンにも危害を加えようとしたから、罪一等増しにした」

「一等増し？」

「名誉もあげない。普通貴族を死刑にする時、色々配慮して自害を命じることもあるんだけどね」

「ああ……なんか聞いたことがある」

　自害なら自宅でもできるし、それで色々ごまかして病死って形にもできる。

　例えば薬を使った自害なら、まあ体調を崩してそのまま――って話になる。

それすらもくれてやらん、ということか。

エリカは厳しい顔をしていた。

俺のこと、と言いながらいつものニコニコ——というか色ぼけしているエリカの顔じゃなかった。

厳しく、人によっては苛烈だというような一面をのぞかせている。

こんなの初めて見たかもしれない。

片鱗はちらっちら見えてたけど、実際に見るのは初めてだ。

まあ、俺以外のことじゃ、普通に賢明な女王として通ってるんだ。

これくらいはできる子だったってことなんだろうな。

俺の前では本当に、徹底して「スキスキダイスキー」って色ぼけしてるから、ついつい、勘違いをしてた。

「だから、女の匂いがたっぷりついた短刀で殺されたことにするの」

平然とそう言い放つエリカ。

まったく嘘じゃない、というか完全なる事実ってのがまたエグいなって思った。

「それよりダーリン！」

直前までの厳しい顔がどこへやら。

パッと俺の方を向いたエリカは、もう、いつものエリカに戻っていた。

「ん？　なんだ」

「さっきのダーリン、すっごく格好良かった」

「さっきの俺？」

首を傾げる。

どれのことだ？

「さっきの台詞を言ってた時のことだよ。〝俺はまだ、本気を出していない〟ってやつ」

「ああ、あれか」

「それって男の子はみんな言いがちなんだけど、本当にそうで、その後本気を出せる人っていないから」

「そういうもんか」

「だから、もう一回エリカに聞かせて？　かっこいいダーリンを見せて」

「いやあ……」

俺は頬を掻いて、苦笑いした。

あれはあの時のテンションの空気。

シリアスで怒りも入っている時だからこそ言えるもので。

普段のテンションじゃ「俺はまだ、本気を出していない」なんてこっぱずかしくてとても言えない。

「それだけは勘弁してくれ」

「えー、だめー……?」

エリカは俺にすがってきて、上目遣いで「おねだり」してきた。

「いや本当勘弁してくれ」

「ぷぅ」

エリカは俺から離れた。

可愛(かわい)らしく膨(ふく)れた。

しかしそれは一瞬だけで。

「……しょうがないっか。無理矢理言ってもらっても、あれ以上に格好良くなることないしね。あっ、ダーリンならなんでもかっこいいけどね」

とってつけたように言われたが、エリカの場合本気でそう思っていそうで俺はまたまた苦笑いした。

まあでも、それはともかく。

これで諦めてくれるっていうのなら、ものすごく助かる。

「しょうがないから、ダーリンの一番かっこいいところは、『俺はまだ、本気を出していない』って言うところだって日記に書いとこっと」

「日記なんてつけてたのか、お前」

「あっ、本当の日記じゃないよ」

……ん？

「じゃあどういうことなんだ？」

「あのね、エリカ、この前『カケルの儀』っていうのをしたんだ」

「ああ、それは聞いてる」

あまり触れたくない一件でもあるけど。

「その『カケルの儀』をすると、記録を残さないといけないの。だからエリカ、ダーリンのかっこいいところを書き記してるんだ」

「……なぬ？」

それって……それってまさか。

「なあエリカ」

「なあにダーリン」

「それって、もしかして誰かに見られちゃう？」

「大丈夫、エリカが生きてるうちは誰にも見られないよ。死んだ後の史料になるだけ」

「えっ？」

「エリカ女王だから、何も後世に残さないってのはダメなの……」

申し訳なさそうに言うエリカ。

「後世に残っちゃうのおお!?」

俺は悲鳴を上げた。

しかもそれ、女王の手記だから第一級史料じゃん！

俺はまだ、本気を出していない。

この台詞が、歴史として後世に残ることが確定事項のようだった。

121 夢中になってやった、後悔はしていない

この日も、エリカはカランバの王都からピンドスの屋敷にやってきた。

かなり長距離の移動なのにもかかわらず、屋敷に入った瞬間庭でだらだらしている俺を見つけては、満面の笑顔を浮かべて飛びついてきた。

そして、一方的にイチャイチャしてくる。

イチャイチャ、イチャイチャ。

普段よりもさらにイチャイチャしてくる。

庭でビーチチェアに寝っ転がって空を見上げている俺の上に乗っかって、イチャイチャしてくる。

最近はもう諦めて好きなようにさせてるけど、さすがに今日のは気になった。

「今日は普段よりも触ってくるな」

「だって、明日からしばらく来られないんだもん」

「そうなのか？」

「うん。祭事があって、二週間くらいはまったく身動き取れなくなっちゃうの」

「なるほどな」

祭事か……。

それはしょうがないな。

そういうのも王の……というか統治者の仕事だ。

俺だっていくつかある。

例えばあの温泉の浄化だって一種の祭事だ。

初代の男が魔剣一本で掘り出したという温泉。

掘ったのはいいが、使った魔剣の影響で、定期的に瘴気があふれ出し、それを祓わないと動物が凶暴化する。

それを祓うのも一種の祭事だ——まあ実際に祓ってるから実務に近いけど。

普通にそれをやったら、二日三日はつぶれてしまうもの。

一貴族の俺でさえこうなんだ。

一国の女王たるエリカはもっと色々あるんだろうな。

「大丈夫か?」

「え?」

「二週間って長丁場だ、体には気をつけろよ」

「……」

「……」

「……」

「エリカ？」

急に、エリカが黙り込んでしまった。

彼女らしからぬ反応に、俺は空から彼女の方に視線を向けた。

すると、目が合う。

うるうるして俺を見ている。

「ど、どうした」

「あーん、ダーリンに心配されちゃった」

「え、いやまあ」

心配というかなんというか、普通のことというか。

「ああん！　ダーリン好き好き、大好き！」

エリカはますます嬉しそうにして、首にしがみつく抱きつき方をしてきた。

「ちょ、やめっ！」

そう言ったけど、エリカは本当に嬉しそうにしてたから、やめさせるのは気が引けた。

「ありがとう！　ダーリン」

「……ああ」

いや、まあ。

ここで無理矢理引き離すのも労力を使うしな。

エリカの好きにさせた方が疲れないってもんだろ。

エリカはしばらく俺に「好き好き」をやったあと、徐々に落ち着いていく。

嬉しそうに、ゆっくりと俺の胸板のあたりに、服の上からスリスリしながら。

「えへへ……ダーリンパワーをいっぱい補充しておくんだ」

「なんだ、そのダーリンパワーとは」

「知らないの？　ダーリンに触れてると補充されるエネルギーのことだよ」

「知らない知らない。ってか、そういうことじゃなくてな」

本当にそれが知りたいって意味じゃなくて、いきなり何を言い出すんだ、って意味だ。

ま、いっか。

それも含めて、諸々何も言わずに、エリカの好きなようにさせてやることにした。

「ヘルメス、ちょっといいですか——あら」

ふと、姉さんが俺の名前を呼びながら現れた。

屋敷の方から出てきて、こっちに来て目が合った途端、俺たちを見て「うふふ」と口を押さえて笑った。

これは……手で覆(おお)ってる口がにやついてるんだろうなあ、いつものことだ。

「ごめんなさい、お邪魔虫だったみたいですね」

「いや別にそういうことは――うが！」

肋骨(ろっこつ)にずしっときた。

エリカが体重をかけてきた。

見ると、彼女は唇を尖らせて、ちょっと拗(す)ねていた。

いや、今ので拗ねられても――。

「あらあら、やっぱりお邪魔虫だったみたいですね。馬に蹴(け)られて三途(さんず)の川の前に退散しますね」

姉さんはそう言い残して、にこやかに立ち去った。

姉さんがいなくなった後、エリカに。

「エリカ」

「だってぇ……」

「いや、まあ。いいんだけど」

エリカの気持ちも分からんでもない。

明日からしばらく会えないんだ。

だったら少しでも長くいたい、邪魔されたくない。

という風に思うのは分かる。

分かるんだけど、姉さんも何か用事があったはずだ。

「ふう」

まあ、いっか。

姉さんがあんな風にあっさり引き下がったんだから、大した用事でもなかったんだろう。

「そ、そうだ。ねえダーリン」

「んあ?」

一度は逸らした目を、再びエリカに向ける。

エリカはちょっと慌てた様子で、何か取り繕うような感じで。

「今度、魔王と一緒に、ダーリンに何か称号を、って思ってるんだけど」

「称号? なんじゃそりゃ」

「違う国の人にも、名誉称号を与えることがあるって知ってる?」

「ああ。というか、俺はカオリのところでも貴族になってるし、下僕だしな」

下僕と言えば聞こえは悪いが、カオリが数百年生きてきて、下僕が千人ちょっとしかいないことを考えれば。

更にその下僕が実際のところ、カオリのお気に入りであることを考えれば。

それも、一種の称号になるのかもしれない。

ゲボク、とか、ＧＥＢＯＫＵ、とか。

そういう感じの称号と言えなくもない。

「そっか。それを、エリカと魔王が共同で」

「何だってまた」

「ダーリンをもっと格好良くするために」

「じゃあ却下」

俺は即答した。

そんな理由なら論外の一言だ。

「えー、ぶー」

「膨れてもだめ」

「えーん」

「泣いてもダメ」

「うっふーん」

「色仕掛けとか論外」

なんとなくコントのようになってしまった。

それをやったエリカが楽しそうにした。

「で、本当のところは？」

「え？」

　エリカはきょとんとなった。

「ど、どうして？」

「なんか普段と違ったからな。何か別の狙いがあってのことに感じた」

「……」

「エリカ？」

　返事をしないエリカを見る。

　彼女は驚いて俺をじっと見つめている。

　そして——そっと目を伏せる。

「やっぱりダーリンって、すごい。今のでも分かってくれて……エリカ、嬉しい」

「んぐ」

　虚を衝かれた思いだ。

　好き好きやっているところに、いきなりこんなしっとりとした感じでこられると、なんというか……どきっとしてしまう。

「そ、それで？　本当のところは？」

　俺は話を無理矢理引き戻した。

「うん。平和のため」

「平和？」

「魔王の国とは戦っちゃダメなの」

「カオリは戦う気はないぞ。付き合ってきたから分かるけど、あれは何があっても母親の言いつけは守る」

「うん、それはエリカにも分かる。でも、民衆は？」

「……」

「民衆にはもっと分かりやすいものじゃないといけないの。魔王は何があっても攻め込んでくることはない。それを言ってるだけじゃ民衆は納得しない。納得してなかったら、魔王という存在に怯える」

「……怯えるのか」

「人間には手を出さないけど、定期的に大規模な環境破壊をしてるしね」

「あー……」

そっちは確かにやってるな。

そうか、魔王という超生物のパワー、その恐ろしさは人間には分かるのか。

それがこっちに矛先が向けられると――、うん、なるほどな。

「だから、魔王と共同で、っていうのが欲しいの」

「そうか」

俺は静かにうなずいた。

「分かった、そういうことならしょうがない」

「本当？」

「ああ」

俺は静かにうなずいた。

「俺の名前を伏せてやるんならいいぞ」

「分かった。ありがとうダーリン」

エリカは静かに、しかしこの日一番の嬉しそうな笑顔を浮かべるのだった。

☆

その後、エリカと静かな時間を過ごしたあと、「そろそろ帰らなきゃ」と言い出す彼女を玄関まで送った。

普段は送らないのだが、民のことを思って何かをする彼女にちょっと感動して、なんとなく送りたくなった。

そして玄関先で向き合って、名残惜しげにする彼女を見て。

「やっぱり送ろうか？」

といった。

「本当に？」

「ああ、その辺まで――」

「ヘルメス、ちょっといいですか……あら」

姉さんが現れた。

さっきと同じように現れて、何かを言いかけたあと、俺とエリカを見て、むふふ、と口を押さえて笑った。

「エリカ様と一緒に遊びにいくの？」

「なんか子供扱いされてるっぽい言い方だな。そうじゃなく、帰るからその辺まで送ってくる」

「そう、分かりました。行ってらっしゃいヘルメス」

そう言って、姉さんは来た道を引き返して、廊下（ろうか）の向こうに消えていった。

……。

………？

姉さんの後ろ姿に引っかかりを覚えた。

今の姉さん……なんか様子がおかしくなかったか？

それがなんだか分からないまま、エリカを送っていった。

馬車に乗る彼女を、せっかくだから俺が御者をやって、馬車を街の外まで運んだ。

街を出て、馬車から飛び降りて、本来の御者にバトンタッチ。

そして、車上の人であるエリカを見上げる。

「じゃあな」

「ねえダーリン」

「どうした」

「お姉さん、なんか様子がおかしかったね」

……。

「エリカにもそう見えたか」

「うん」

「そうか……」

やっぱりなんかあったのか、姉さん。

「早く戻ってあげて、ダーリン」

「意外だな、そんなことを言われるとは思わなかった」

「だって、ダーリンのお姉さんならいつかエリカのお姉様にもなるんだから——きゃっ！」

エリカは「エヘッ」って感じの「きゃっ」をした。

「きゃって……まあいっか。ありがとうな」

「わーい、ダーリンに感謝されちゃった」

喜ぶエリカに別れを告げて、俺は街に引き返して、屋敷に戻ってきた。

戻ってきた瞬間、屋敷内がバタバタしているのが分かった。

メイドたちがバタバタと走り回っている。

俺はメイドの一人を捕まえて、訊いた。

「どうした、何があった」

「あっ、お帰りなさいませご主人様」

「それはいい、何があった」

「それが、ソーラ様がお倒れに――」

「なんだと？　どこだ姉さんは」

「ソーラ様のお部屋に」

メイドを置いて、駆け出した。

廊下を駆け抜けて、姉さんの部屋に飛び込む。

「姉さん！」

中にいる人間が一斉にこっちに視線を向けてきた。

メイドと――医者か？

しかし、姉さんだけはそうならなかった。

姉さんはベッドの上に寝かされていて、目をつむってて、顔が赤く息が荒い。

俺が飛び込んでも反応しない、意識もないようだ。

「姉さん！　おい、姉さんはどうした」

俺は姉さんが寝ているベッドに近づき、医者らしき男に訊いた。

「大丈夫です、落ち着いてください。ソーラ様はマナストーンですね」

「マナストーン？」

なんじゃそれは。

「体内を常に回っている魔力が、何かしらの拍子で淀みができて、それで凝り固まることです。石の様に魔力の流れをせき止めてしまうから、ストーン、という言葉を使っております」

「能書きはいい！　それで姉さんは大丈夫なのか？」

「問題ありません、命に別状があるとか、そういうものではありませんので」

医者はそう言った、それを聞いて俺はほっとした――次の瞬間。

「ぎゃあああああ!!」

ベッドの上に寝かされている姉さん、体を反って、絹を裂くような悲鳴を上げた。

「姉さん!?」

絶叫し、苦しそうにする姉さん。

こんな姉さん初めて見た。

俺はけろっとしてる医者の襟を締め上げた。

「おい！　大丈夫なんじゃないのか」

「え、ええ。大丈夫ですよ」

「どこが！」

「苦しそうにしてますが、大丈夫です。苦痛はあらゆる病気のなかでは上位に入りますが、命に関わるようなことはありません」

「本当か⁉」

「はい。死亡率でいえば０％ですから」

「うわああああ‼」

姉さんがまた絶叫した。

「姉さん！　おい藪医者！」

「落ち着いてください。大丈夫ですから」

「くっ……どれくらい続くんだこれ」

「三日もあれば綺麗に引きます」

「三日だと⁉」

俺は驚愕した。

ベッドの上の姉さんを見た。

こんなのが……あと三日も？

「なにか方法はないのか？」

「ほ、方法ですか？」

「そうだ、痛みを抑えるようなものはないのか？」

「それは、マナストーンですから、体内にできた石のような淀みを砕けばすぐにでも治ります」

「それでいいんだな？」

「はい、しかし他人の体内の魔力を把握するなんて不可能――」

それだけ聞ければ十分だ。

俺は姉さんに近づいた。

姉さんの額に手を当てた。

魔力だな――ならば、と神経を研ぎ澄まして感じる。

ちょっとだけ難しいな。

下手やらかすとまずいし、視覚も使うか。

姉さんの体内の魔力路を引き出して、彼女の真上の何もない空間に投影させる。

寝そべっている姉さんの上に、人体に近い、蜘蛛の巣のような網を張ったものが現れた。

網は光っている、流れている。

その中で、下腹部のあたりにでっかいものがあって、それが流れをせき止めているのが分かった。

「これか!!」

俺は姉さんの下腹部——へそのあたりに手をそっと触れた。

そこに、魔力をそそぐ。

あった。

淀み——マナストーンをピンポイントで砕いた。

「……」

「……」

「……ヘル、メス？」

「大丈夫か姉さん!!」

「ええ……私、何を……？」

まわりを見回す。

自分がどうなっていたのか、まるで分かっていない様子だ。

「いいから、今日はもう休んでろ。疲れてるんだろ？」

痛みが引いても、それまで消耗した体力が戻ってくる訳ではない。

「ええ……ありがとう、ヘルメス」

姉さんは何かを感じたのか、お礼を言ってきた。

「いいから」

俺は姉さんを無理矢理寝かせた。

姉さんが無事で、ちょっとほっとした。

そんな俺は、気づかなかった。

「今の……外部から把握してマナストーンを砕いた？　馬鹿な……」

医者経由で、目撃者のメイドたちが広めていって。

俺の評価が上がってしまうことは、姉さんのことで頭がいっぱいで、気づいていなかったのだった。

122 とっくに手遅れかもしれない

「はあ……」

書斎の中で、俺は盛大にため息をついていた。

机に頬杖(ほおづえ)をつきながら、げんなりしている。

「はあ」

「どうしたのですかヘルメス」

「んあ？　姉さんか……」

顔を上げる。

いつの間にか部屋に入ってきていた姉さん。

彼女は小首を傾(かし)げて、不思議そうに俺を見つめている。

「あらあら、本当に元気がないのですねヘルメス。本当に何かあったのですか？」

「それがなあ……」

俺はため息をついた。

このため息の原因なんて、この世で一番姉さんに言ってもしょうがないことなんだが、あまりにもげんなりしすぎて、姉さん相手でも愚痴りたくなった。

「最近、何をやっても評価が上がりっぱなしで、注目を集めすぎててさ。目に見えて面倒ごとがふえたんだ。それでどうしたらいいのかって思ってさ」

「まだそんなことを言っているのです」

姉さんは予想通りの反応をした。

やっぱりな。

姉さんは「ヘルメスはすごい！」って広めたい教の人なんだ。

この愚痴を話したところで呆れられるのは目に見えてたから、だから、この世で一番姉さんに言ってもしょうがないと思ったんだ。

「いい加減、諦めてくださいな」

「そうは言ってもなぁ」

俺は机の上に突っ伏した。

顔を机の上に転がして、ひんやりしてるところを転々とする。

まるでひんやりするところが、評価の上がらない安住の地であるかのような錯覚までしてきた。

「もーやだ、評価されない世界に行きたい。やだやだやだー」

「もう、子供ですか」

姉さんはさらに呆れた。

ため息をついて、ジト目を向けてきた。

「仮にも私の弟父様である人が」

「それは姉さんが勝手にしたことだろ？」

机の上でゴロゴロするのをやめて、姉さんを見上げる。

弟父様。

俺が家を継ぐ時、すんなりいくように、姉さんが王国に届け出を出して、自分を俺の養女にした。

娘なら父親を差し置いて継承する訳にはいかない、という言い訳だ。

俺は弟であり、お父様でもある。

それをくっつけた「弟父様」という呼び方を、姉さんは気に入っているのか、ちょくちょく使ってくる。

「はあ……もう、仕方がないですね」

「なあ？」

「そこまで言うのなら、ちょっとだけ協力をしましょうか」

「協力？」

机から離れて、顔を上げる。

姉さんの言う「協力」が引っかかった。

姉さんがこんなことを言い出すなんて。

ヘルメスすごいです教の姉さんがそんなことを言い出すなんて、あり得ない。

「……なにを企んでいるんだ?」

俺は思いっきり警戒した。

それに対し、姉さんはやや呆れ顔をして。

「しょうがないじゃないですか、そこまで駄々をこねられると」

駄々をこねたら叶えてくれるのか?

それならこれからも――。

「今回だけですから」

「――ちぇっ」

まるで俺の心を見透かしたかのように、姉さんが言ってきた。

このあたりはやっぱり姉さん、さすが姉さんってところだ。

しかし……本当か?

俺はまだ警戒していた。

警戒している目で、姉さんに何か企みはないか、と見逃さないように見つめた。

「そこまで警戒されると傷つきますよ、ヘルメス」

「傷つくって、姉さんに限って」

「ああ、なんということ。ヘルメスにそんな風に思われていたなんて」

姉さんは顔を背け、袖でその顔を隠して「およよ……」ってなった。

まったく芝居がかったやり方だ。

「はあ……分かった。本当に教えてくれるのか？」

「ええ、今回だけ」

「今回だけ？」

「今回だけ、です」

姉さんはそう強調した。

今回だけか……なら、乗っかってみてもいいか。

姉さんの場合、そういう言い方をした時は、そこまで何かを企んでるとかあまりない。

少しは、信用できるかもしれない。

とりあえずは、と俺は話を聞いてみることにした。

「本当に、評価を下げる方法を教えてくれるのか？」

「ええ、ちゃんと評価が下がる方法です」

「本当に？」

「ヘルメスが変にやらかして失敗するのまでは責任は持てませんよ?」

ちょこん、と小首を傾げながら言う姉さん。

そりゃまあ……俺の失敗まで姉さんのせいにするつもりはないが……。

そういうことなら。

「教えてくれ姉さん」

「簡単なことです。今からこの屋敷にいるメイドたち、彼女たち全員に、セクハラをしてくればいいのです」

「なに!?」

いきなり何を言い出すんだ姉さんは。

屋敷のメイド全員にセクハラって。

「そんなこと、できるわけがないだろ?」

「別にひどいことをしろとは言いません。簡単に、メイドたちにすれ違いざま、お尻を揉みしだく、くらいのことでいいのです」

「尻を揉む……」

俺は考えた。

なるほど、そういうことか、と思った。

たしかに、それをやれば評価は下がるかもしれない。

一人とか二人とかじゃなくて、見境なしに全員にやっとけば評価は下がるかもしれない。かもしれない、のだが……。

「でもなあ……」

俺がまごついていると、姉さんはいつにない厳しい表情で。

「ヘルメス」

と、俺の名前を呼んだ。

「あれもだめ、これもだめ。そんなのはだめな男の言うことですよ」

「うっ……」

姉さんに正論で殴(なぐ)りつけられた。

姉さんの言うとおりだ。

こういう「デモデモダッテ」は男らしくない、かっこ悪い。

ぶっちゃけ、ちょっと嫌い。

「ヘルメスは自分の評価を下げたいのでしょう?」

「ああ」

「だったらこのやり方は?」

「……効果的、だと思う」

「だったら?」

「……そうだな」

俺はちょっとため息をついた。

姉さんの言うとおりだ。

デモデモダッテはやめて、とにかくやってみるか。

「分かった。ありがとう姉さん」

「頑張ってください」

「……笑顔の理由が怖いけど」

「ヘルメスのことですから、今後も評価は上がるし、でしたら一旦下げて反動をつけるのも悪くない、と思っているだけですよ」

「んぐ……」

ぐうの音も出なかった。

なんかそれすごく簡単に想像できる光景で、なにも言い返せなかった。

言い返せなかったけど、そっちはそっちで、気をつければいいだけの話だ、と思ったのだった。

☆

執務室を出て、屋敷の中をぶらつく。

少し歩いていると、階段の手すりを拭いているメイドを見つけた。

屋敷の階段は、一部銀を使った装飾が施されているから、常に拭いて手入れをしなければならない。

それをメイドがやっていた。

俺はそのメイドに近づき、後ろから声をかけながらお尻を触った。

「よっ、仕事をしてるな」

「きゃっ！　何をするんですか――って、ご主人様!?」

メイドはパッと振り向いて抗議しようとするが、それをやったのが俺だと気づいて、振り上げた拳がそのまま固まって、表情も驚愕に変わった。

「あはは、頑張れよ」

そう言って、驚きすぎて固まったメイドを置いて、つかつかと立ち去った。

今度は柄のついたモップで窓を拭いているメイドを見つけた。

屋敷の窓には、床から天井まである、人間の背丈よりも高いものが多い。

窓拭きも、柄のついた道具じゃないと上まで拭けないところが多い。

それをやっているメイドに近づき、同じように後ろから声をかけて、お尻を触った。

「おっ、仕事してるな」

「ちょっと何するのよ！」

メイドはびっくりして、振り向きざまモップをぶん回してきた。

それをしゃがんで避ける。

「って、当主様⁉」

「仕事頑張れよー」

振り抜いたモップを持ったまま固まるメイドを置いて、さらに屋敷の中を徘徊。

次のメイドを見つけた。

干したものだろうか、取り込んだばかりのシーツを大量に抱えて、前があまり見えない状況で歩いている。

それに近づき、後ろからお尻を揉む。

「ひゃう！　だ、だだだだだれれすか⁉」

「仕事頑張ってるかー？」

「へへへへヘルメス様⁉」

「頑張れよー」

シーツをぶちまけそうになるメイドを置いて、その場から立ち去った。

その後も、メイドたちのお尻を揉んで回った。

「いいケツしとるのう」

「ゲへへへ、やわやわだー」

「ふははは、良きかな良きかな」

途中から、あえて、ノリノリで揉んで回った。

やるなら、徹底的にだ。

中途半端にやってもしょうがない。

更に遠慮したり、申し訳ない顔をしたらダメだ。

徹底的にやって、なりきらなきゃ意味がない。

そう思って、役になりきって、とにかく尻を揉んで回った。

その日のうちに、屋敷にいるメイドたち全員。

全員のお尻を、頑張って制覇した。

☆

次の日、執務室の中。

俺は聞き耳を立てていた。

屋敷の中程度なら、その気になれば、執務室にいながらでもどこで誰がどんな会話しているのかが分かる。

それで聞き耳を立てていると、キッチンあたりで世間話をしているメイドたちの会話が耳に入ってきた。

「ええっ！　それじゃあなたもご主人様にお尻を触られたってこと？」

「そうなのよ！　って、も？　もってことは、あなたも？」

「うん、いきなり触られた」

「あ、あの……私も、触られ、ました」

「私も私も」

「あたしもだわ」

その場にいる全員が次々に、たぶん手を挙げた感じで名乗り出た。

そりゃそうだ。だって全員触ったんだから。

「もうっ、何をやってるのよご主人様！」

最初に言い出したメイドがぷんすかって感じで怒った。

お？　これはいい流れだぞ。

このままメイドたちによる愚痴(ぐち)大会に発展するか？

姉さんのアイディア、バッチリだったみたいだな。

「で、でも……あのご主人様、ご主人様らしくなかった、です」

んあ？

なんだ？

この感じ、糾弾（きゅうだん）する感じじゃないぞ。

いやまてまて、まだ慌てるような時間じゃない。

一人くらい、擁護（ようご）する子も出るさ。

「あー、そうね、確かに普段の当主様らしくないわ」

「ヘルメス様ってそういうことをする人じゃないもんね」

「そういえばお酒は――」

「飲んでなかった」

「うんなかった」

「なかったなかった」

「お酒のせいでもない、っと」

……あれ？

なんか想像してたのと違うぞ。

なんで糾弾大会が始まらないんだ？

「素面（しらふ）で、私たちみんなのお尻を触って回ったのか……なにか考えがあってのことかもね」

「それか、何か大事なことをしてる最中か、そのカモフラージュ？」

「あり得る、ご主人様なら」

「そっか、そういうことなら、あたし我慢する」

「私も」

「しょうがないから私も我慢するわ」

あれれれー。

なんか納得されたぞ。

いやそんなことはまったくないよ？

単に悪いことして評価下げたかっただけだよ？

もしもしみなさーん。

なんというか、効果がなかったようだ。

これって、無駄骨だったのかな。

なんて思ったが、結論から言うと、無駄骨じゃなかった。

「でも、ご主人様ってすごい」

へ？

「何をしてるのか分からないけど、それを隠すためにこんな嫌われることをするなんて」

「ああ、最悪な男を演じてでもやってるってことでしょ。すごいわ」

「やっぱりヘルメス様って素敵なご主人様だね」

メイドたちが次々と、勝手に勘違いして、勝手に評価を上げてきた。
え、ええ、えええ!?
セクハラをしただけなのに、深い考えとかまったくないのに。
本当に悪いことをしても、評価は上がってしまう。
もう俺、どうすればいいのよ。
セクハラをしても、本当に悪いことをしただけでも、評価は上がった。
もう、どうすればいいの。

123 謎の襲撃者（前編）

あくる日の昼下がり。

俺はぶらっと街にでかけた。

この日のピンドスも賑わっていて、いい感じだ。

その街中をぶらぶらと歩いていると。

「おっ、領主様じゃないか」

「領主様、うちの店にも寄ってってってくれよ」

「こんにちは領主様」

次々と声をかけられた。

通行人にも声をかけられるが、大半は店の人に声をかけられる。

街に出る度に、あっちこっちの店にお金を落としてるからな。

それで上客だって思われてるんだろう。

いいことだ。

浪費する放蕩当主。

これはやってて悪いようには転がらないはずだから、今日もやっとく。

さて、何か美味しそうだったり、姉さんとかにお土産に買っていけるものはないかなっと。

「震え大気。我に内在するもっとも鮮烈な思いを怒りと糧にマナと化し、噴射せよ——レイジングミスト」

——殺気!?

それを感じた直後、魔法が飛んできた。

この感じ、超高温の蒸気か。

相手を燃やすんじゃなく、溶かし尽くすタイプの炎の魔法。

避けるか？　それとも避けないか？

二つの選択肢が脳内に浮かび上がった途端、これまでの様々なことが走馬灯のように駆け巡った。

避けた場合——ご当主様すごい！

避けなかった場合——ご当主様すごい！

何をどうやっても、結果はそこに行き着くような気がした。

いや実際、今まではそうだった。

いや、今はそんなことを考えてる場合じゃない。

ここは街中だ。

まわりの人間は、まだこの魔法に気づいていない者がほとんどだ。

避けるにしても、避けないにしても。

被害を一番小さくする方法をとるべきだ。

被害を一番小さくする方法は――。

――と、ここまで０・０１秒。

俺は魔法障壁を張った。

魔法が飛んでくる方角に斜め四十五度の魔法障壁。

それにあたった魔法は、角度をつけられて空の上へ一直線。

「な、なんだ？」

「何が起きた」

「どこのバカだ街中で花火ぶっ放したの！」

魔法を防いだ時の音と衝撃波で、一部の人間がそのことに気づき、驚きと怒りの声があっちこっちから上がった。

俺は魔法が飛んできた方角をむいた。

自然と空いた道の上に、一人の少女が立っていた。

大人と子供の間くらいの少女だ。

眼鏡(めがね)をかけていて、ヘアバンドをしている。

パッと見れば本当にこの子が？　って思いかねないが、彼女はものすごい殺気を放って俺を睨(にら)んでいる。

間違いないだろう。

「あんた……何者だ？」

「ソフィア・デスピナよ」

「ソフィア・デスピナ」

その名前をリピートしつつ、記憶を探る。

うん、初めて聞く名前だ。

つまりは初対面。

初対面の人間に、しかもこんな少女に、親の敵(かたき)を見るような目と殺気を向けられる。

状況が複雑過ぎて思いっきり困惑した。

分からないから、直接本人に訊いてみることにした。

「そのソフィアが俺になんの用だ」

「そのソフィアが？　なんの用？　ですって……」

ビキビキッ……って音が聞こえてきそうな剣幕だった。

ソフィアはこめかみに青筋をひくつかせて、ものすごい目で俺を睨んだ。

もはや殺人鬼のような目だ。

「あたしのこと、忘れたっていうの？」

「なに!?」

忘れたって？

もしかして、会ったことがあるのか？

いや、会ったことはなくても、名前だけ知っているパターンか？

俺は改めてソフィアを見た。

彼女の顔と、その名前。

この年頃の少女はすぐに成長して変わるからもっと幼い感じをイメージして、かつフルネームで名乗ってきたからソフィアとデスピナの両方で脳内を探る。

さっきよりももっと深く、思い出してみた。

だが——やっぱり何も思い出せない、心当たりがない。

「悪い、やっぱり思い出せない。もしかしてどこかの店員——」

「……」

殺気が膨らんだ。

さっきの倍——いや三倍はある、肌にぴりぴりと突き刺さるほどの殺気。

まずい、これはまずいヤツだ。

ガチなヤツの殺気だ。

ソフィアは肩を怒らせうつむき、わなわなと震えている。

「……のに」

「ずっと！　待ってたのに!!」

ぱっと顔を上げると、ソフィアは何故か涙目だった。

「レイジングミスト!!」

手をかざし、魔法を撃ってきた。

さっきと同じ魔法、しかし殺気マシマシでさっきよりも遥かに強い威力を持っている。

「くっ！」

俺はそれを真上に弾いて、それから脱兎の如く逃げ出した。

二度目の魔法は衆目環視の中で撃たれたから、まわりの人々も同じように逃げ惑った。

「待ちなさい！」

ソフィアは怒鳴りつつ、魔法を撃ちつつ追いかけてきた。

ちっ！

見境なしかよ！

その魔法であっちこっちに被害が出ている。

建物が燃えたり木が溶けたりしている。

飛び火を可能なだけ避けるために、ソフィアと同じ間隔を保ちながら、魔法を防ぎつつ、一直線に街の外に飛び出していく。

結果的にはソフィアを引き連れるような形で、街外れの人気のないところにやってきた。

そこで——高速移動。

「なっ！　どこに行った？」

一瞬でソフィアの背後に回って、その後気配を消して、彼女の視界から逃げつつ、ぐるっと大回りして街に戻る。

街に戻った後、屋敷に戻ってきた。

「ふう……」

「あら、お帰りヘルメス——どうしたのですか？」

玄関先でばったり出くわした姉さんは、挨拶の途中で何かに気づいて、小首を傾げながら近づいてきた。

「ん？　どうしたって？」

「服、焦げてますよ？」

「……本当だ」

姉さんに指摘されて、気づく俺。

服のあっちこっちがちょびっとずつ焦げていた。

体は無傷だけど、服のせいで必要以上にダメージを負っているように見える。

「それに……すんすん、こんがり焼けてます。軽石を使って、水蒸気でパンを焼いた時のような香りですね」

「なんかいやだなそれは」

俺は微苦笑した。

レイジングミスト。

その名の通り、狂乱する灼熱の蒸気を放つ魔法。

それに焼かれたのだから、姉さんの比喩は合っているといえば合っているのかもしれない。

まあ、それはともかくとして。

俺は姉さんに訊いてみることにした。

「姉さん、ソフィア・デスピナという名前を知らないか？」

「デスピナですか？」

姉さんは下の方、名字の方に引っかかりを覚えたようだ。

「知ってるのか？」

「ええ、デスピナなら知ってますよ。というか、ヘルメスはどうして知らないんですか？」

「え？」

俺は戸惑った。

俺も知ってなきゃだめなヤツなのか？

そんな俺の困惑を見て、姉さんは説明をしてくれた。

「初代様が、二〇〇人の兵を率いて、各地を転戦していたのは知っていますね？」

「ああ」

それは普通に知ってる。

「その時、最後までついてきた二〇〇人のみんなに与えられた称号が『デスピナ』。古い言葉で『最高の従者』という意味ですね」

「……ああ」

俺は頷いた。

デスピナ、という言葉は聞いたことがないけど、その話は何回か聞いたことがある。

「たしか……分家というか、そんな感じになってる家だよな」

「はい。二〇〇人のほとんどはそのまま名字をデスピナと名乗って、長い時間をかけて一つの家にまとまっていったそうです」

なるほどな。

ちなみに今でも、その家とカノー家は繋がっている。

俺が当主になってから使うことはなかったから、名前までは頭に入ってなかった。

なるほど、俺とまったく関係ない訳じゃないのか。

だったら、あの子が怒るのも分かるが――それにしちゃ怒りすぎじゃないか？

「それがどうかしたのですか？」

「実は――危ない！」

説明しようとした途端、今度は真上から殺気。

魔法が天井を突き破って飛んできた。

とっさに姉さんを抱き留めて、横っ飛びしてかわす。

魔法――レイジングミストが着弾して、じゅうたんごと床を溶かして大きな穴を作った。

天井から一人の少女が飛び降りた。

「見つけた！　ヘルメス・カノー!!」

ソフィアだった。

彼女はいきり立って、怒りの顔で俺を睨んでいる。

顔のあっちこっちがすすに汚れたりしているのが、鬼の形相に拍車をかけている。

「覚悟しなさい！」

ソフィアは俺に向かって手をかざす。

詠唱をして、魔力を高める。

くっ、でっかいやつが来る！

俺はまわりを見た、姉さんしかいない。

姉さんだけなら——と、俺は地面を蹴(け)ってソフィアに肉薄。

一瞬で距離を詰められて驚くソフィア、そんな彼女の首筋に手刀をトン、と落とした。

一撃で意識を刈り取られたソフィア、糸が切れた人形のように崩れ落ちたところを抱き留める。

「ふぅ……あぶなかったな。姉さん大丈夫か——姉さん」

「その子……」

「知ってるのか？」

「ええ、デスピナの中で一番魔力が高い子よ。たしか名前はソフィア……あっ」

姉さんの中で、さっきの俺の質問と繋がった瞬間だった。

「へえ……そうですか」

「え、なに？」

「デスピナの麒麟児(きりんじ)をいともあっさりと倒すなんて、さすがヘルメスね」

「おっふ……」

俺はがっくりきた。

やっぱりこうなった。

せめてもの救いは、この場の目撃者は姉さん一人、ということだけだった。

124 謎の襲撃者（後編）

騒ぎを聞きつけ、駆けつけてきた使用人にその場の後始末を任せて、俺はソフィアを抱っこして、客室に連れていった。

メイドたちによっていつでも使える状態に維持されている客間の一室、そのベッドの上にソフィアを寝かす。

念の為に脈を取る——うん大丈夫だ。

完全な魔法使いタイプで身体能力はそこそこだったから、意識を刈り取る時にやり過ぎた可能性はほとんどないが、念の為に確認した形だ。

「うふふ、ヘルメスはやっぱり優しいのですね」

「からかわないでくれ姉さん」

一緒についてきた姉さんに微苦笑を返した。

それよりも——。

「姉さん、さっきの一番魔力が高いっていうのは、具体的にはどういうことなんだ？」

「デスピナは二〇〇人の後裔、だから今でも、戦闘力で序列をつけているのよ」

「へえ」

「それによって競争を促したり、カノー家から出動要請があった時に適正な戦力を出せるように、という考え方からなの」

「なるほどなぁ」

そう考えると、ますますカノー家＝俺とデスピナ家＝ソフィアは深いところで繋がってるんだなって思った。

そりゃ……何も知らないって言われたら激怒もするな。

……ん？

あれ？

ちょっと待ってよ、それ……なんかおかしくないか？

「この子は今のデスピナでの序列一位。魔力が高く、知識も豊富。魔法に関しては十年に一人の才能って言われてるくらい――」

「待って姉さん、それよりも気になることがある」

「なんですか？」

「そのデスピナがなんで俺を襲うんだ？　姉さんの話を聞いて、俺が覚えてないからって納得しかけたけど、違うんだ。街中で会話をする前からいきなり襲われたんだ」

「あら？」

姉さんはきょとんとして、俺を見る。

「そういえば、戻ってきた時はこんがりしてましたねヘルメス」

「こんがりはともかく」

その表現は本当、いかがなものかと。

「なんで襲われるんだ俺。主君の屋敷を壊してまでの襲撃、ただごとじゃないぞ」

「ええ、そうね」

姉さんは頬に指を当てて、思案顔をした。

「仕えるべき主があまりにもぐうたらとしててふがいないから、かしら？」

「それが本当ならむしろ嬉しいんだが」

俺が作りあげて、まわりに見せてる顔が功を奏しているってことだ。

そしてそうなら、姉さんを担いで俺を当主から追い落とす役目を、ソフィアにそれとなくやらせるといい感じになる。

だけど……違う。

あの殺気はそんなものじゃない。

もっと粘ついた、個人の感情による殺気だ。

当主がふがいない、という大義が混ざったものだったらもっとカラッとしているはずだ。

世の中には歪んだ大義とか、エクスキューズとしての大義はあるけど、本気で大義を信じ込んでいる場合に放つ気はもっとシンプルにカラッとしてる。

それじゃないのは間違いない。

俺は寝ているソフィアを見下ろしながら、姉さんに説明した。

「それだけじゃあんな殺気にはならない。あれはもっとねちっこいものだ」

「そういうことも分かるのですね」

「まあな」

俺は即答した。

ソフィアの意識を刈り取った時もそうだが、姉さんと二人っきりの時は何も隠す必要はない。

姉さんは俺の力をほとんど全部知っているし、普段からまわりに色々吹聴して回っている。

俺がまだただの四男、部屋住みの頃からそうしてきたから、姉さんが今更何か追加で吹聴したとしても大した違いはない。

「そういうことなんだろうな……」

ソフィアのそれを不思議に思っていると、彼女は「う、ん……」とうめき声を漏らしつつ、まぶたをゆっくりと開けた。

茫漠としていた瞳が天井を見つめ、ゆっくりと横を向いてくる。

「ここ、は……」

「気づいたのね」

「ソーラ様！」

目が姉さんを捉えて、一気に焦点が合う。

そしてパッとベッドから飛び上がった。

思いっきり恐縮しながら、姉さんに頭を下げる。

「ソーラ様の前で失礼しました」

「いいのですよ。それよりも私のことを知っているのですね」

「もちろんです！　ソーラ様がいらっしゃるってことは、ここはお屋敷……？」

おそるおそる、姉さんの様子をうかがうような感じでたずねるソフィア。

「ええ。それよりも体は大丈夫？」

「はい、大丈夫です」

行間までは読めず、ただ単に今の体調のみで答えた感じのソフィア。

「そう、それなら良かったです」

「それはいいけど、なんで俺を狙ったんだ？」

「――っ！　ヘルメス・カノー!!」

俺が声をかけたことでこっちに気づいて、一気に沸騰したソフィア。

姉さんに向けられた態度とは百八十度違った、憎悪の目で睨んでくる。

「そこになおりなさい！」

と、またまたまた飛びかかってくるほどの勢いだ。

それを止めたのは――

「ソフィアちゃん」

――姉さんだった。

ビタッ――というより「ビクッ」て感じでソフィアが止まった。

そして、ぎぎぎ……って感じで首を姉さんの方に向けた。

「ソフィアちゃん、めっ、ですよ」

姉さんは笑っていた。

が、それは怖いタイプの笑い方だった。

顔も目も笑っているけど、オーラがまるで地獄の帝王のような感じだ。

さすがのソフィアも気圧(けお)されて、

「ご、ごめんなさい……」

しゅん、としおれていくソフィア。

そんな姿を見てると、ちょっとだけ罪悪感が湧いてくる。

そのソフィアは俺をちらっと見て、睨んできた。

さっきの殺気から大分トーンダウンした反応だ。

このくらいの目線なら、いくらされても大丈夫だ。

姉さん様々だな。

「いいのよ。それよりも、どうしてヘルメスに攻撃したの？」

「それは……」

「話してみて。私で良かったら力になってあげるわ」

「本当ですか⁉」

「ええ。デスピナ家とカノー家は数百年のつきあいじゃないですか。形の上でこそ主従ですが、いわば親戚。親戚のお姉ちゃんだと思って、なんでも相談してくれていいのですよ」

「――！　お、お姉様！」

ソフィアは姉さんの言葉に食いついた。

呼び方まで変わっていた。

まずい、こんどはまずい方向に話が流れていったぞ。

ソフィアが俺を攻撃する理由は分からないけど、それが姉さんの中に何かがカチッとはまるようなことだったら、姉さんは敵に回る。

この世で一番敵に回したくない姉さんを敵に回してしまう。

なんとかしなきゃ――とは思うが、どうしようもない状況だった。

姉さんが救いの神に見えたソフィアは、とつとつと語り出す。

「彼が……」

ソフィアはそう言って俺をちらっと見た。

「……いつまでも、迎えに来ないから」

「迎えにって、どういう意味で？」

「あれはあたしが十歳の頃のことです。ある日、彼と出会って、魔法の勝負をしたんです」

「あらあら」

姉さんは口を押さえて、「隅に置けないわねえ」的な笑顔でこっちを見た。

っていうか、魔法の勝負？

「ヘルメスがそういう勝負を持ちかけるなんて珍しいわね」

「うん。その時も、黒い服の女の子に言われて、それで勝負をしかけてきたから」

あっ……。

あ、あの頃のことか。

「黒い服の女の子？」

「豆腐でドラゴンを斬れって特訓してくれた子」

「そういえばそんな話もありましたね」

前に話したこともあるから、姉さんはすぐに納得した。

女の子と出会って、色々武者修行して回ってた頃の話だった。

そうか、あの時に会っていたのか。

となると――俺に倒されたうちの一人ってことになる。

「それで根に持って、今になって襲撃してきたのか」

「くぁw せ drftgy ふじこ lp !!!」

ソフィアは言葉にならないような、ものすごく悔しがる奇声を上げて、地団駄を踏んだ。

顔を真っ赤にして、さらに俺を睨む。

「え？　なんか間違ってたか？」

「ちがうよ！　あの時自分が何を言ったのか思い出してみなさいよ！」

「俺が言ったこと……？」

はて、何を言ったんだ？

あの時の細かいことは覚えてないんだよな。

何しろ、あの子との特訓は地獄のような日々だったからな。

細部まではそんなに覚えてないんだよな。

「本当に思い出せないのですかヘルメス」

「ああ」

「そうですか……私はなんとなく、察しがつきましたけど」

「え？　そうなのか姉さん」

「たぶんですけどね。ねっ、ソフィアちゃん」

「え？」

「これからもお姉様って呼んでくれていいのよ」

「——はい！」

ソフィアは嬉しがった。

話がまったく見えないが、それは姉さんが理解してて、ソフィアも姉さんが理解してることを理解しているって感じだ。

「一体……」

「私は嬉しいです、ヘルメス」

「へ？」

「ヘルメスがまさか自分から求婚をしてたなんて。遅くなったけどお赤飯炊かなきゃ」

「きゅうこん？」

球根？

吸魂？

……求婚？

…………求婚!?

「ちょっとちょっと、待って待って姉さん、何その勘違い」

「あら、勘違いじゃないみたいですよ」

「え?」

姉さんがソフィアを見た、つられて視線を向けた。

「なのに……いつまで経っても迎えに来ないから……」

ソフィアはもじもじして、恨みがましい目で俺を見た。

え?

嘘?

いやマジで?

「おっふ……」

記憶にもない子供の頃のやらかしが、今になって追いついてきたのだった。

125 やっぱり大好き

この日の執務は、普段よりちょっと真面目にやった。

ミミスたち家臣団の報告を聞いて、内容を判断して、承認する。

普段とやってることはほとんど変わらないんだけど、なんというか、普段よりちょっとだけ真面目に見えるように取り繕った。

最初に執務をやるようになった頃の真面目な感じと普段のぐうたらな感じ。

その中間くらいで。

なぜそうしているのっていうと――ソフィアだ。

ソフィアが執務室の隅っこで、こっちを睨んでいるからだ。

執務を始めた時からずっとそうしてて、その剣幕は「ちゃんとしとかなきゃ」って思わせてしまうようなものだった。

つまりはプレッシャーだ。

俺はそのプレッシャーから逃れるために、執務に集中して逃げた。

結果、普段より少し真面目になった格好だ。

そうやって、執務が終わった頃、ミミスが訊いてきた。

「よろしいのですか、ご当主様」

そう言って、ソフィアをちらっと見る。

「いやあ……まあ」

「デスピナ家の者がご当主にあのように振る舞うのは失礼にすぎます、即刻やめさせるか、ペナルティを与えるべきかと」

「うーん、まあなあ」

「そもそも、呼んでもいないのにデスピナ家の者がご当主様の執務の最中に勝手に入ってくるなんて言語道断であります」

「俺もそう思うんだが、姉さんがいいって言うんだ」

「ソーラ様が？」

そう、これは姉さんが許可したことだ。

姉さん曰く、執務している時の俺のこともよく見ておくといい、ということで彼女に入室許可を与えた。

カノー家の当主は俺だけど、姉さんの言うことはよほどだめな時じゃなければ断りづらいのが実情。

だからソフィアの入室を黙認した。

今でこそ形式上は俺の娘だが、普通に今でも姉さんだ。

それに、頭が上がらない。

その関係性をよく知っているミミスは、姉さんの言葉だということで、少しだけ納得した。

「しかし、やはりあの態度は」

「それもいい」

俺はため息交じりに、即答した。

今回の件は、俺にも非がある。

ソフィアに言われて、徐々に記憶がよみがえった。

あの時、確かにそういう言葉を彼女に言った気がする。

俺を連れ回して、武者修行させてた黒い服の少女は――

『女を倒したら自分のもの、かっこいい言葉をかけてうばっちゃえ――ってとーさんがいってた』

と言った。

そう言われて、修行の一環として納得していた。

あの時はあれが正解だと思った。

唆（そそのか）されたというよりは、「そうだよな！」って自分でも納得していた。

だから、今回のことはやっぱり俺の自業自得だ。

過去に戻れたらあの日の自分を絞め殺したいと思うくらいの自業自得だ。

「分かりました、ご当主がそうおっしゃるのなら」

俺が本当にそう思っているのを感じたのか、ミミスは納得した。

「まあ、おおよその話は伺ってます」

「なに？　……姉さんからか」

「はい」

なのにしれっと訊いてきたのか。

意地悪だな。

「この程度でペナルティとおっしゃっていたら、幻滅しているところでした」

「むっ！」

それは……もったいなかった。

ペナルティを考えたらミミスが幻滅してくれる？

だったら今からでも――

「……」

何かを、って考えてソフィアの方を見ると目が合った。

睨まれているけど、今となってはその目が拗ねているようにも見える。

そんな彼女に、ペナルティを与えるなんてできなかった。

俺はため息をついて、「せっかくのチャンスだったのに」とつぶやいた。

その言葉を拾ったミミスは。

「なんのチャンスなのかは存じ上げませぬが……あとは若い者同士で」

そう言って、家臣団を連れて、執務室から出ていった。

扉がパタンと閉まって、二人っきりになると、ソフィアが話しかけてきた。

「執務、終わったの？」

「ああ」

「そう、だったら——」

「ダーリン！」

ドアが思いっきり開かれて、エリカが現れた。

ミデアもかくやの嵐のような登場で、俺に飛びつき、抱きついてきた。

「エリカ。そうか今日も来るって言ってたっけ」

ソフィアのことで頭がいっぱいになってて、すっかり忘れてた。

「うん！　ダーリン会いたかった。もうお仕事おしまい？」

「ああ。エリカこそいいのか？」

「うわーん！　ダーリンに心配されちゃった。嬉しい！」

わざとらしい泣き真似と、心の底から嬉しそうな表情。

その二つを同時に、器用に顔に出しながら、エリカが言う。

「でも大丈夫！　歴史家たちにダーリンが下げチンって言われるのいやだから、エリカちゃんとがんばる！」

「下げチン言うな」

微苦笑しつつ突っ込んだ。

いやまあ、言わんとすることは分かるけど。

「そうだ！　ねえダーリン、エリカの手を握って」

「手を？」

「うん」

「こうか？」

俺は言われた通り、エリカの手を握った。

簡単に応じてしまったのは、エリカに慣れてきていて、これが日常——真横の非日常に比べて日常になったことが大きい。

エリカの手は小さくて、柔らかくて、ちょっと冷たかった。

「冷たいな」

「うん！　こうやってダーリンから体温をもらえば、元気百倍だよ」

「そうか」

これも対比というか落差というか。

エリカのいじらしさに、ちょっとジーンときた。

「……レイジングミスト」

「うわっ！」

とっさに、エリカを抱っこしたまま避けた。

避けた瞬間、俺が座っていた椅子(いす)と執務机が焼かれた。

その魔法を放ったソフィアの方に目を向ける。

彼女は肩をわなわなさせていた。

「いやあの――」

「浮気者!!」

そんな言葉を投げ捨てて、ソフィアは涙目で部屋から飛び出していった。

「いや浮気者って……」

ソフィアからすればそうなるのかもしれないけど、大声で「違うそうじゃない」と叫びたい気分だ。

一方、俺に抱き留められたままのエリカは、ソフィアが飛び出して、開けっぱなしになっていたドアの方を見て。

「なあに、あの子」

「ああ、ソフィアっていうんだ」

「ふーん、デスピナ家の者ね」

「知ってるのか？」

俺はおどろいた。

ソフィアって言っただけで、デスピナと繋がったエリカに驚いた。

「ダーリンの家とデスピナ家のことは有名だし、それにどっちもリカ様と同じ人を好きになった人たちだからね。全員」

「同じ人？」

「魔王の父親」

「あいつか！　ってか、初代だけじゃなくて二〇〇人にも手を出してたのかよ！」

「すごい人だよね」

すごいというかなんというか。

俺たちの御先祖様、カオリの父親。

あいつ、デスピナにも手を出してたのか。

ここまでくるといっそすがすがしいな。

二〇〇人の最強部隊に丸ごと手を出すんだから、もうすごいっていう感想しか出ない。

「そのデスピナの一番将来有望な子だよね」

「ああ、そうみたいだな」

　実力の序列一位だっていうし。

「その子がどうしてダーリンに？　生意気が過ぎるのならエリカが処理しちゃう？」

「処理しないでいいから」

　さらっと出てくる言葉が怖いなあエリカ。

　ついこの間も、ラスレスを文字通り「処理」したし、普通にやりかねないのが恐ろしい。

「どうやら、子供の頃に将来嫁にするって約束しちゃったみたいなんだ。それを向こうが本気にしてて……で、俺が忘れてて」

「そうなんだ」

　エリカはそう言って、抱きついたままだったのを、俺から離れた。

　そして、数秒間考えて。

「それって、ちょっとジェラかも」

「エリカ？」

「でも、それって彼女がダーリンのことを本気で好きだからだもんね」

「うん？　そうなるのか？」

「だったらしょうがない。エリカ、仲良くするように頑張るね」

「頑張るって？」

「ダーリンを好きな子同士、仲良くするの。リカ様からの伝統だから」

エリカはそう宣言した。

なんでそうなる——と思ったらあることを思い出して、納得する。

薔薇の園の主。

カランバ女王が代々受け継いできた称号と伝統。

自分が好きになった男のために、ハーレムを作って、そのハーレムごと相手に渡すのが、カランバ女王の流儀だ。

エリカと出会った頃にそんなことを聞いた覚えがあるのを思いだして、彼女の「仲良くする」宣言に納得したのだった。

☆

エリカをおいて庭に出ると、ソフィアが魔法を空に放っていた。

「ばか！　ばか！　ばかばかばかばかばかばか——————！」

強力な魔法を、ほとんどノータイムで空に空撃ちしている。

「ばか」とは俺のことなんだろうが、そんなことよりもすごいと純粋に思った。

「よう」

俺は後ろから声をかけた。

ソフィアは手を止めて、振り向く。

ぶすっとした顔をしていた。

ふてくされた顔をしているが、拒絶まではいってない。

俺はそう判断して、ソフィアにさらに近づいた。

ソフィアはまたちょっと涙目になって、俺を睨みながら。

「あたし、頑張ったのに」

「うん？」

「相応しい子になろうと頑張った、ずっと」

「……そうだろうな」

「ずっと待ってた。あなたが当主になってからもずっと！」

「……そうか」

「当主になって、初代様の剣を授かったすごい剣士になったって聞いた。それならあたしももっと相応しい子にならなきゃって、魔法の方を頑張った！　なのに！　全部忘れられてた！」

「それは本当にすまないと思っている」

俺は素直に頭を下げた。

忘れたことも、子供の頃の自分がやったことも。

全部、俺が悪い。

全面的に非はこっちにあるから、謝った。

「謝って欲しいわけじゃないもん!!」

ますます涙目になって、地団駄を踏むソフィア。

ひとしきりそうやってから、ソフィアはぐるっと振り向いて、空に向かって魔法の空撃ちを再開した。

ストレス発散だろうか。

……ああ、そうだったな。

今はっきりと思い出した。

子供の頃に出会った時も、彼女はこうだった。

その時も、俺は——俺たちは。

「大丈夫か?」

「放っといてよ！　自分の機嫌を取ってるところなんだから！」

そう、こんなやり取りをした。

自分の機嫌を取る。

俺にはなかった発想で、他人頼みしない発想。

だからこそ強くなって序列一位になったんだろうな。

だからこそ、俺はあの時疑いを持たずにプロポーズのようなことを言ったんだな。

懐かしくなって、一気に親しみを持った。

俺は近づき、ソフィアの背中に手の平を当てた。

「な、なにするの？」

「いいから。逆らわずに感じる」

「え……あっ」

俺は魔力をソフィアの中に送った。

人間の体内にある、魔力の通り道を通らせていく。

ソフィアはみるみるうちに、驚き、そして感心した表情になる。

「さすが序列一位。今ので分かったな」

「う、うん」

「やってみな」

「こう、かな」

ソフィアはもう一度、空に向かって魔法の空撃ちをした。

それは今までのどの魔法よりも、強力なものになった。

「魔力効率が……段違い……」

「魔法を撃つ時はそうやるといい。効率が上がれば威力も回数も増えるから」

「……魔法も……すごいの？」

「え？　あっ……」

俺はハッとした。

やってしまった。

ついつい懐かしくて、一気に親近感を持って。

つい、彼女に効率的な魔法の使い方を教えてしまった。

「やっぱり……すごかったんだ……」

一変。

ソフィアは熱に浮かされたような。

そんな目で、俺を見つめたのだった。

おっふ。

126 天然ジゴロ

あくる日、執務室の中。

この日もいつものように執務をしている俺。

ミミスら家臣団から報告を受けて、それを承認していく簡単な作業。

いつもと同じだが、今は違う意味で身が入らなかった。

原因は――――ソフィアだ。

昨日と同じ、執務室の隅っこで俺を見つめていた彼女だが、その視線が昨日とはうってかわって、百八十度違うものになっていた。

尊敬、そして好意。

その二つがない交ぜになった感情のこもった目で、俺を見つめていた。

それがむずむずして、身が入らなくなってしまった。

「では、本日は以上でございます」

「あ、ああ」

ミミスが言うと、俺は曖昧に返事をした。

まったく集中できなくて、終わったのにも気づかなかった。

そこに、まるで追い打ちをかけるかのように、ミミスが。

「さすがでございますな」

と言った。

「何が？」

「ふふふ、後は若い者同士で」

ミミスはそう言って、同じようにニコニコ——というかほぼニヤニヤの家臣団を引き連れて、執務室から立ち去っていった。

あとは若い者同士でって……いやちょっと待って、そういうんじゃないぞ。

いやそういうのかもしれないけど、ちがうぞ。

と、俺が手を伸ばして、しかしミミスを呼び止めて、なんて言おうかと躊躇していると。

「ヘルメス」

ずっと部屋の隅っこにいたソフィアが近づいてきて、しっとりとした口調で話しかけてきた。

出会った時から一変して、ニコニコ上機嫌な彼女が、いろんな意味で恐ろしかった。

「な、なんだ？」

「今日はもうおしまい？」

「あ、ああ。そうだな」

「だったら――」

何か切り出そうとするソフィア。

次の瞬間、ドゴーン!!! と爆発が起きた。

天井が崩れて、執務室の中に爆煙が充満する。

「な、なにこれ――ヘルメス大丈夫!?」

「ああ、大丈夫だ」

直前のソフィアとのやり取りに比べて、俺は瞬間冷凍かってくらいの勢いで落ち着いていった。

これは知ってる。

もう馴染んでしまったヤツ。

この後にすぐにあれが来るだろうと予想する。

「甥っ子ちゃーん、あーそーぼー、なのだ!」

「ごふっ!」

予想通りの台詞と、予想通りのタックル。

それを受けて、俺は悶絶した。

魔王カオリ。

俺の御先祖様はお前の父ちゃん――的な不思議なつながりの相手。

最近なつかれ、「かなり体力を使う」遊びにいつも誘う相手。

そのカオリが、もはやなじみを感じるようになったタックルとともに現れた。

「あれ？　どうしたのだ甥っ子ちゃん」

タックルを受けて悶絶する俺を、カオリは不思議そうに見上げてくる。

「どうしたも、こうしたも……」

「どこかわるいのだ？　痛いの痛いのとんでけー、なのだ」

痛みの原因を作った張本人が何を言うか、と思ったが、これがカオリのデフォルトなのだから仕方がない。

人間がアリを踏みつぶしても気づかないのと同じように、大怪獣が人間を踏みつぶしたのも気付かないだろう。

カオリ――魔王とはそういう生き物だ。

俺はすぅ……と息を深く吸い込んで、それでちょっと落ち着いてきた。

しかし――。

「ヘルメスから離れなさい！」

話はそれだけでは終わらなかった。

横合いから、ソフィアが怒りに満ちた眼差しで怒鳴ってきた。

「うん？　なんなのだこの小娘？」

「こむ——子供に小娘って言われる筋合いはないわよ！」

「私は子供じゃないのだ」

「そんなことはいいから離れなさい！」

「人間風情が私に命令するなんて、数百年ぶりなのだ」

カオリがそう言った直後、おそらくはニュアンスで見下されたと思ったのか（そのレベルの反応速度だった）、ポン！　とカオリの体が炎上した。

ソフィアが怒りにまかせて放った魔法だ。

それは俺を避けて、カオリだけを燃やした。

すごいなあ、そのテクニック。

序列一位なのも納得だ。

これならデスピナだけじゃなくて、アイギナ全体を見渡してもかなり上位に入るんじゃないのか？

しかし。

それだけの魔力——そして威力でも。

残念ながら、相手は魔王だ。

火が収まった後、カオリは全くの無傷な姿で現れた。

どういう防ぎ方をしたのか、全身が炎上したのにもかかわらず、服ですら傷一つついてなかった。

が、ちょっと不機嫌にはなった。

「いきなり何をするのだ」

「む、無傷。嘘……」

ソフィアは驚いた。

よほど今の一撃に自信があったんだろう、それがまったくの効果なしで驚愕した。

そうだろうな、と思いつつ、俺はカオリに釘を刺すことにした。

「反撃するなよ」

「そんなことしないのだ、弱い人間には指一本触れるなって、お母様の言いつけなのだ」

「ならいい」

お母様――前魔王の遺言。

カオリはそれを忠実に守っている。

力の弱い、彼女にとって格下の人間には何があっても手は出さない。

暗殺されても反乱をされても、相手にはまったく手を出さないのがカオリだ。

そう思えば、今、釘を差したのもまあ余計だったのかもしれないな。

ソフィアは確かに優秀だが、魔王には遠く及ばないのだから。

「それより、この小娘はなんなのだ？」

「また小娘っていった！」

「まあまあ——彼女はソフィア・デスピナ。カノー家の」

「ああ、姪っ子ちゃんなのだ」

「姪っ子ちゃん？」

「デスピナはお父様の奴隷兵なのだ。お父様の子を孕んだ女もいるから姪っ子ちゃんなのだ」

「やりたい放題じゃねえかあの男は！」

話を聞いた時、もしかしたらって思ったけど、いやいやまさか、っていう思いもあった。

それが歴史の生き証人、魔王に証言されてはこんな突っ込みの一つも出てくるというものだ。

「お父様……？　奴隷兵……？」

一方、カオリの言葉を訝しむソフィア。

「ああ、カオリはコモトリアの王、魔王なんだ」

俺はソフィアに説明した。

すると、彼女はものすごくびっくりした。

「魔王！　この子が⁉」

「ああ」

「それって、ヘルメスが倒したっていう？」

「え？　いやまあ――」

カオリをちらっと見た。

今のは気分を害するんじゃないかって思ったが。

「そうなのだ。甥っ子ちゃんはものすごく強かったのだ」

彼女はまったく気にしていないどころか、むしろどこか誇らしげに（ない）胸を張った。

「それよりも甥っ子ちゃん、今日も遊ぼうなのだ」

「あ、遊ぶ？」

反応するソフィア。

「私といいことしようなのだ」

「い、いいこと!?」

激しく反応するソフィア。

「できれば人がいないところの方がいいのだ」

「人がいない――くぁwせdrftgyふじこlp!!!」

ものすごく激しく反応するソフィア。

声にならない悔し（くや）がり声を上げて、タンタンと地団駄（じだんだ）を踏んで。

「そんな子供と――不潔よ！」

と、大いに憤慨（ふんがい）して、立ち去ってしまった。

「カオリ……」

「うん？　どうかしたのだ？」

「今のはどうかと思うぞ」

「今のはって？」

「遊ぶとか、いいこととか、人のいないところとかさ」

「なにがまずいのだ？　人のいないところじゃないと、私と甥っ子ちゃんだといろいろ巻き込むのだ」

「そういうことなんだろうと思ってたけど、言い方がさ……いや」

俺は微苦笑した。

カオリにそんなことを言っても無駄か。

☆

カオリと適当に遊んで、彼女を帰したあと、俺はソフィアのことを探した。

彼女は庭にいて、池の前で膝を抱えて座っていた。

時々手元の石を拾っては、池の中に投げる。

俺は彼女に近づき、声をかけて。

「ソフィア」

「……」

ソフィアは拗ねた顔で、俺をじっと見上げてきた。

「ここにいたのか」

「なんの用なのよ」

「用というか」

「ふん、魔王といいことをしてればいいんでしょう」

「いやあ、カオリとは疲れるんだ。エロい意味じゃないぞ念の為に」

そう、カオリと遊ぶのはものすごく疲れる。

なにせ相手は魔王という超生物だ、人間じゃない。

楽な時でも「キャッチボールするのだ、浮島がボールなのだ」とか言い出すし、下手をすればカオリとガチな戦いをしなきゃならない。

しかも、見た目通り子供っぽい一面もあるから、疲れ果てて倒れるギリギリまではしゃぐ傾向にある。

そんなカオリに付き合って遊ぶのはものすごく疲れる。

そういう意味では。

「ソフィアといた方が安らぐよ」

と俺は思った。

「えっ……」

ふと見ると、ソフィアは顔を赤くしていた。

「や、安らぐの？　あたしと一緒だと」

「ん？　まあな」

今疲れているから、余計にそう思う。

「しょ、しょうがないわね。すこしなら一緒にいてあげてもいいわ」

「そうか」

俺はソフィアのそばにすわった。

怒らない彼女といるのは、気が楽だった。

そのまましばらく、彼女と一緒にいた。

疲労で思考力が低下している俺は、この時深みに自分からはまりにいった、ということを気づいていなかったのだった。

127 やめたいやめられない

「ねえねえ、ヘルメスちゃん結婚するの？」

「んあ？」

オルティアのところでくつろいでいると、俺に膝枕している彼女が、ふと思い出したかのように訊いてきた。

俺は起き上がって、体ごとオルティアに振り向いて、訊く。

「なんだそれは」

「またまたー」

オルティアは口を押さえ、肘でぐいぐい、って押してきた。

「噂になってるよ。最近いい感じの子がいるって。最初は険悪だったけど、ヘルメスが真剣に男らしく対応して、それでプロポーズしたら向こうも受け入れたって」

「おっふ」

噂って……噂っていったい……。

というか、色々混ざりすぎてる。

一つ一つ抜き取ったら事実といえなくもないかもしれなくはなくて認めるしかなくもないかもしれなくはないこともなくはないいんだけど――。

「なんかすごい複雑な顔してるねヘルメス」

「そりゃそうだ。高度にねじ曲げられた噂を聞かされた感じだよ」

「そうなの？」

「そうなの」

「じゃあ、その子がヘルメスの正妻になるって話もデマ？」

「正妻て」

俺はぎょっとなった。

「なんでそんなことに」

「だって初めての奥さんなんでしょ、それって正妻ってことじゃない」

「貴族は別にそうでもないんだよ」

「そうなの？」

「ああ」

俺は深く頷（うなず）いた。

「むしろ貴族は正妻の座を、政略結婚のために空けておくことがあるんだ。最初に結婚するちゃんと愛し合った相手は、そうだって分かるためにあえて側室にしたりな」

「へえ、貴族って色々あるんだ。普通の人と違うんだね」

「そりゃ娼婦もだろ。お前だって、普通の人とは違う考え方で動くことよくあるだろ」

「あはは、そういえばそうだ」

オルティアは笑った。

明るくて、闇一つない笑顔。

それがオルティアの一番の魅力で、彼女が人気のある理由だ。

「そっか、なら、それはいいんだけど。ヘルメスちゃん、結婚したらちゃんと教えてね」

「なんでまた」

「そりゃ、ごひいきの奥さんのことはちゃんと把握しておかないとね。こういう商売してると、正妻の人が激怒して、怒鳴り込んでくることはよくあるから」

「ああ、前にもそんなこと言ってたっけな」

「あるのか……いや、あるんだろうな」

一瞬疑問に思ったが、すぐに納得した。

女は嫉妬する生き物——という話をよく聞く。

その嫉妬が向けられる先は「浮気」というものだ。

そして男と女が「浮気」に思う基準はまったく違う。

一番の差がまず、目の前にいる「娼婦」だ。

娼婦相手だと、男の大半は浮気だとは思わない。

それが貴族ならなおさらだ。

貴族が娼婦の相手をするのは、場合によっては義務や仕事な場合もある。

だが、女の大半はそう思わないことが多いようだ。

そういう意味じゃ、娼婦が正妻の存在を把握するのは仕事上必要なことなのかもしれない。

そうなると、実際どうするのかが気になってきた。

「ちなみに、教えたらどうするんだ？」

「色々調べるね、まずは。例えば趣味とか」

「趣味？」

「そっ。そういうのを調べて、仲良くできるんなら仲良くしといた方がいいの。後は……情報共有？」

「情報共有？」

俺は首を傾(かし)げた。

趣味の方はまだうっすらと想像できたが、情報共有はまったく想像もつかない。

「うーんとね。お客さん、つまり旦那(だんな)さんね。その人の情報を奥さんと共有するの。実はこういうのが好きだった、とか。こうされると地味に喜ぶ、とか」

「なんでまた」

「アフターケア。娼婦に入れ込みすぎると破滅するし、かといってお客さんとしてまったく来てくれないと困る。だからケアするの」

「……」

「美味しい料亭が、レシピを奥さんに伝えて家でも作れるようにするみたいなもの」

「ああ、それならまあ、分からなくはない、かな」

俺は頷いた。

料亭の話としてなら聞いたこともあるけど、娼婦がそれを考えてやってるなんて想像だにしていなかった。

「奥が深いな」

「深いんだよ」

色々オルティアの話を聞いてると納得する。

彼女が語るそれは、平和な時代の、高級娼婦のやり方らしい。

安価だったり、戦時中だったりすると、普通に体を売って処理に付き合うだけ、ってなるんだとか。

時代や状況によって娼婦のあり方が変わるのが、なんだか面白かった。

「これをちゃんとやらないと怒鳴り込まれるからねー。夫婦喧嘩の巻き添え食らうんだよ」

「そっか。お前すごいな、色々考えてて」

「そんなことないよー。でもありがとうヘルメスちゃん」

「いや」

「お礼にごちそうしちゃう！　お酒とかも飲もう？」

「ああ、そうだな」

俺はふっと笑って、頷いた。

ごちそうといいながらも、結局は客が金を出す――なんてのは無粋な話だ。

ここは素直に受けて、尽くされとけばいい。

それがここでの楽しみ方だ。

俺は運ばれてきた料理とか酒を、オルティアに食べさせてもらいながら、考えた。

ソフィアのことだ。

ここ最近、手を出さなくなったし、結構打ち解けてきた。

それでもまだ、エリカがいる時とかカオリがいる時とか。

怒って、感情が瞬間沸騰することがある。

それがオルティアに向けられる――うん、その可能性は大いにある。

だったら、それをなくした方がいい。

となれば――まずい、頭が回らなくなってきた。

酩酊気分で、俺はオルティアに訊くことにした。

情報共有、だったっけ。

「なあオルティア、女の子に何を贈ったら喜ぶと思う？」

「贈る？　プレゼントってこと」

「ああ」

「そうだね、いまならタトロカが熱いかな」

「たとろかぁ？」

なんじゃそれは。

聞いたこともないな。

「しらない？　タトってる、って言葉も聞いたことない？」

「んあ……そっちは、なんかあるかも」

体がふわふわして、ぼんやりとしてきた。

どっかで聞いたこともある気がするけど、あまり思い出せない。

「タトロカって、バケモノ蜘蛛の卵なんだけど、つるっつるのもちもち食感で、その上、七色で綺麗なんだよ。透明のグラスに入れて、飲み物を注ぐとますますきらきらするの。それを飲むのがタトってるっていうんだ」

「なるほど」

「いまならそれをもらったら一番喜ぶと思うよ。でも、タトロカを産むバケモノ蜘蛛って、断崖絶壁にしか巣を張らないから、取るのがねぇ」

「分かった。断崖絶壁だな」

俺は立ち上がった。

そして、窓から飛び出して、飛行魔法で空高く飛び上がった。

「ガンバってね、ヘルメスちゃん」

去り際、オルティアが俺を激励してきたのが聞こえた。

俺はそのまま、ケリンス山まで飛んできた。断崖絶壁といえば、まずはここを思い出したからだ。

空の上から見下ろす。

崖っぽいところを見つけて、降りていった。

すると、崖と崖の間――峡谷になっているところに、巣を張ってる蜘蛛を見つけた。

蜘蛛のサイズは人間くらい、蜘蛛の巣は縄くらいの太さがある。

その巣の上に、きらきらと光る、七色の宝石のようなものがあった。

一粒一粒が真珠くらいの大きさ。

なるほどこれだな。

俺は近づき、卵――タトロカを取ろうとした。

すると、蜘蛛が近づいてきて、口から毒液を吐いた。

巨大な分毒液も多くて、全身にかぶるくらいだった。

「じゃま」

俺はふっ、と息で、毒液を吹っ飛ばした。

蜘蛛は更に飛びかかってきた。

口を大きく開け放って、噛みつこうって魂胆だ。

それを殴り飛ばした。

蜘蛛は巣を突き抜けて、崖の下に落ちていく。

「だからじゃま――ヒック」

俺は蜘蛛を吹っ飛ばして、タトロカを回収して、飛んでピンドスに戻るのだった。

☆

屋敷に戻ってきた俺。

空の上から、気配をたぐる。

ソフィアは……いた。

今日も屋敷に来てたか。

俺は感じ取ったソフィアの気配の元に向かった。

ソフィアは屋敷の廊下を歩いてて、俺は窓をつきやぶって入り、ソフィアの前に立った。

「きゃっ、な、なに――ってヘルメス？」

「ソフィア」

「どうしたのいきなり――って、酔ってるの？」

「これ、やる」

俺はそう言って、とってきたタトロカをソフィアに渡した。

「これは……タトロカ？」

「ああ」

「もしかして……これ、ヘルメスが？」

「ああ」

「――ありがとう！　すっごく嬉しい！」

ソフィアは思いっきり喜んでくれた。

うんうん、喜んでくれたんならよし。

「やっぱりヘルメス、大好き！」

そうか大好きか。

……大好き？

それなんかまずくないか?
……いや、いっか。
好きって言われて、まずいことはないだろ。
俺はそう思った、スルーした。

が、翌日。
酔いから冷めた俺は、ますます深みにはまったこと——むしろ自分で穴を掘って突っ込んでいったことに気付き、頭を抱えてしまうのだった。

128 試練の洞窟（再）

この日は、久しぶりに庭でくつろいでいた。

ロッキングチェアを使って、ゆらゆらと体を揺らして、風に吹かれるのを楽しんでいる。

ここ最近色々あったから、こうしてまったりするのは久しぶりのことのように感じる。

「ヘルメス」

そこに、ソフィアがやってきた。

半分横たわったロッキングチェアから見上げた彼女は上機嫌っぽくて、ニコニコしていた。

いつもそうやってニコニコしてると可愛(かわい)いんだけどな——とは、うかつすぎる台詞(せりふ)だから、口に出さないようにした。

代わりに、当たり障(さわ)りのない言葉で訊いた。

「どうした？」

「ヘルメス、今日の仕事はもう終わった？」

「仕事？　執務のことか？」

「うん」

「それならもう終わったぞ」

「そう。……他に誰か来る予定は？」

それを訊くソフィアの顔がちょっと膨れた。

エリカとカオリのことを言ってるんだろうな。

「いや、今日は何も聞かされてないな」

カオリなら予告なしに突っ込んでくるかもしれない――が、口は災いの元だから、言わないでおいた。

「それがどうかしたのか？」

「何もないなら、今から試練の洞窟に行くわよ」

「試練の洞窟？」

って、なんだっけ。

なんか聞いたことある気がするんだけど、なんだったかな。

なんか思い出せないから、素直に訊き返すことにした。

「なんだっけそれ」

「何言ってるの？　当主になる時にも行ってたじゃない、あの試練の洞窟よ」

「ああ」

俺はポンと手を叩いた。

言われるまで思い出せなかったけど、あのコインを取ってこいって言われた洞窟のことか。

そういえば、試練とかなんとか言ってたっけな、ミミスが。

大分前のことだから、すっかり忘れてたよ。

それが分かったのはいいけど——と、ソフィアを見た。

「なんでまたあそこに？」

「ヘルメス、七つ星のしか取ってこなかったんですって？」

「ああ、まあ」

俺は曖昧に返事しつつ、頷いた。

そういうことにしてあるんだ。

あの日、俺は勘違いして一つ星のコインを取って帰った。

それが「一番しょぼい」って思ったからだ。

だけどそれは、実は一番すごかった。

目立ちたくない俺は、その場にいる全員に口止めして、言いくるめて。

俺が取ってきたのは一番しょぼい七つ星のコインってことにした。

「今度は一つ星のを取りに行くわよ」

「ええっ!?　なんでまた」

「だって取れるんでしょ、ヘルメスなら」

「それは……」

どう答えるべきか迷った。

取れるって答えても、取れないって答えても。

今までの経験で、どっちもまずそうな気がした。

『やっぱ取れるの？　すごい！』

とか。

『実力をひけらかさない、すごい！』

とか。

何をやっても逆効果な気がする。

それで黙っていると、ソフィアが今までと違う意味で憤慨しだした。

「ヘルメスが見くびられるのはいやなの」

「見くびられる」

「ヘルメスが実はすごいんだって、みんなに結果で突きつけてやるの。だから、一つ星のコインを取ってきて、みんなを見返してやるのよ」

「ああ……」

そうきたかあ……。

姉さんと一緒だ、これは。

そりゃ……姉さんとも気が合うわ。

遠縁だけど、ここだけ見ると姉さんと血の繋(つな)がった姉妹なんじゃないかっていうくらい気が合いそうだ。

唯一違うのは、姉さんはこらえ性があって、裏で動くタイプ。

ソフィアは今見えているように鼻息荒くして、正面から突っ込んで突破するタイプ。

どっちがよりやっかいか……どっちもどっちだと思った。

ともかく、そういうことなら理由をつけて断って――あわわ！

いきなり手をつかんで、引っ張られた。

「行くわよ！」

ソフィアに手をつかまれ、無理矢理連れ出されてしまった。

☆

ピンドスから試練の洞窟に向かう道中。

前回はミミスとか護衛とか大勢引き連れているのに対して、今回は三人旅だ。

俺と、発案者のソフィアと、そのソフィアに頼まれてついてきた姉さん。

「……なんで姉さんも？」

「立会人をお願いしたの、ソーラ様に。ソーラ様が見た、と言えばみんな納得せざるを得ないでしょ」

ソフィアは得意げな顔をした。

やっぱりこの二人似ている。

姉さんもあの時、自分から立会人を買って出たっけな。

「うふふ」

一方、姉さんはニコニコ笑っている。

この笑顔がくせ者だ。

姉さんはあの時もいた。

つまり全てを知っている。

なのに何も言わない、ソフィアの好きにさせている。

それはとんでもなくやっかいだなと俺は思った。

「姉さん……」

「いいじゃない。ソフィアちゃんにかっこいいところを見せてあげなさいな」

「まったく」

やっぱり姉さんはやっかいだ、と俺は思った。

同時に、そのくらいの思惑だったらまあいっか、とも思った。

……すっかり姉さんに毒されているのに気づいて、ちょっとげんなりした。

三人で一緒に試練の洞窟に向かう道すがら、俺は考えた。

さて、どうするべきか。

一つ星のコインなんて普通に取れる。

前にもひょいっと取ってきたしな。

問題はそれをソフィアに見せてもいいものかどうか。

まずいんだよな。

姉さんと違ってソフィアは腹芸とか隠しごととかできなさそうだし、そもそも広めるために俺を連れ出してるんだ。

こうなったら、なんとか黙っててもらおう。

案1。

「今更ひけらかすのはかっこ悪い」

案2。

「別の狙いがあるから言うべき時まで待ってもらえるか？」

案3。

「うっかり手がすべって洞窟こわしちゃったー（棒）」

……だいぶ追い詰められてて頭やられてるな俺、なんだ案3は。

まあ、1をベースにして、後は即興かな。

そうやって、大まかな方針が決まった。

それを頭の中でしっかりとまとめて、流れをシミュレートしてから、ソフィアに話しかけた。

「なあソフィア」

「なに？」

ソフィアがこっちを向いた。

「コインは取ってくるけど、それをひけらかすのはやめて欲しい」

「どうしてよ！」

「かっこ悪いからだ」

激高しかけるソフィアを宥めつつ、言う。

「今更自分で言うのはかっこ悪いからだ」

「あたしが言うわよ」

「悪い、言葉が足りなかった。身内から言うのはかっこ悪いんだ」

「み、身内……」

「こういう時は隠して、それでふとした拍子に関係ないところから、思いがけない形でバレた方がより格好良くて評価が上がる——そうなんだろ姉さん」

俺は姉さんにボールを投げた。

彼女が言ってた言葉を使った。

「……ええ」

姉さんは一呼吸開けながらも、ニコニコ顔を維持したまま頷いた。

「でも……このままじゃみんなヘルメスを侮るじゃない。それが悔しいのよ」

「少しの間の我慢だ。少しの我慢がより大きな果実になって返ってくる。急がば回れってやつだ」

「…………………そう、かもね」

盛大に迷って――立ち止まってしまうくらいに悩んでから、ソフィアはおずおずと、不承不承に頷いた。

「分かった、そうする」

自分の中で、ギリギリのところに折り合いをつけたらしく、ソフィアはそれを受け入れてくれた。

よし、これならとりあえずの時間は稼げた。

あとは――時間をかけて、関係のないところから漏れないように細工すればいい。

いまなんとかできれば、後はどうとでもなると思った。

そうこうしているうちに、試練の洞窟にやってきた。

前に来た時とまったく変わらない洞窟の入り口。

「行くわよ」

ソフィアがそう言って先に入った。

俺と姉さんは少し遅れて、ついていった。

前回とまったく同じ道に、同じ仕掛け。

ここで隠す必要もないから、二人に見られているのを気にしないで、仕掛けを突破していった。

やがて、一つ目の台座のところにやってくる。

「これが例のコインなのね」

ソフィアが台座に置かれたコインを見下ろした。

「ああ」

「こんなのが——うっ！」

無造作(むぞうさ)に手を伸ばして、コインに触れるソフィア。

瞬間、顔が強(こわ)ばった。

「ううっ……くっ！」

手がコインに吸い付いたかのようだった。

もう片方の手を使って、どうにか吸い付いた手を引っこ抜いた。

「はあ……はあ……」

息を切らせて、額に豆粒大の汗を浮かべるソフィア。

「大丈夫か？」

「なに、今の……」

「魔力を吸い取るらしいな。それで魔力が足りなかったら持てないって仕組みらしい」

前も大男が一人、吸い取られすぎてミイラになりかけたしな。

「そうなの……これを取れたの？」

「ああ」

「すごい……」

自分で体験したからか、ソフィアは今まで以上に尊敬の目で俺を見た。

「ヘルメスはあの時、涼しい顔をして取ってきたのよ。ねーヘルメス」

さっきとはうって変わって、姉さんはニコニコ顔で言った。

まったく、火に油を注ぐんじゃないよ。

俺はため息をついて、コインを取った。

「うわあ……」

軽々しくコインを持ち上げた俺に、ソフィアはますます感動した。

直後、コインが光を放ちだした。

「なにっ⁉」

どうした――と思う間もなく、更に事態が変化する。

コインの光がまるで呼び水になったかの如く、俺の腰にある剣も光を放ちだした。

「何が起きたんだ」

「これは……もしかして……」

「なんか知ってるのか姉さん」

光があふれる中、パッと姉さんに振り向く。

姉さんはいつになく真剣な顔をしていた。

「ヘルメスの剣は初代様の持ち物」

「ああ」

「同じ初代様の持ち物同士、集まった時に共鳴するように、何か仕掛けがあるんじゃないのかしら」

「！」

姉さんが指摘した可能性に、俺は驚愕した。

ありうる、その可能性は大いにありうる。

これだけのマジックアイテムだ、その程度の仕掛けが施されていてもなんの不思議もない。

というか星の意味を逆転させて仕掛けを作る人間だ、これにも何か仕掛けていてもおかしくはない。

　ここは――。

「何が起きるか分からない、とりあえず出よう！」

　俺はそう言って、二人を連れて外に出ようとした――が、時既に遅し。

　俺たちが入ってきた道は、光の壁に塞がれてしまった。

　手を触れてみる。

　ちょっとやそっとじゃ壊れそうにない。

　力をもうちょっと開放すれば壊せるが、そこまでの力だと今度は壁だけじゃなくて洞窟も崩壊しかねん。

　俺は首を振った。

「だめだ、出られそうにない」

「一体何が――」

　そうこうしているうちに、コインが完全に光になって「溶けた」。

　その光が集まって、一人の女の姿になった。

　その姿は見たことがある。

　コインにも顔が刻まれている女――カノー家の初代当主だ！

「なんでまた――くっ！」

初代は剣を抜き放ち、襲いかかってきた。

暴風。

そうとしか形容のしようがないほどの斬撃が俺を襲った。

とっさに腰の剣——いつの間にか光が収まっていた剣を抜き放って、迎撃する。

「まずい！」

これはまずい。

ものすごくまずい。

少しでも手を抜いたら押しきられてやられるやつだ。

手加減をする余裕はない。

一気に倒す。

そう思って、意識を切り替えた。

相手以上の斬撃の嵐を繰り出して、一気に押し切る。

最後は剣をはじいて、胴体から真っ二つにする。

「……」

両断されてしまった初代——の幻影は、俺を見て、ふっと笑って、それからすぅと消えた。

「ふぅ……」

ちょっと焦ったぞ。

幻影から、オリジナルの力量はある程度は推し量れるものだ。

幻影でなら、オリジナルはカオリ級なんじゃないのか？

そんなまさかな。

幻影を倒した俺は、二人に振り向く。

すると——覚悟してたけど、ソフィアはきらきらした目で俺を見ていた。

「今の……すごい！」

「あら、やっぱり今のってすごいのね」

「すごいですよ！　あんな戦い見たことがない」

「そうですね、なんてたってヘルメスですものね」

ソフィアはそう言って、姉さんは一度納得して、それから追従した。

やっぱり、こうなるのね……。

129 七つ集めて願い叶えよう

次の日、俺は書斎に一人っきりでいた。

机の上に二つのコインを並べている。

二つとも、星が七つのものだ。

星の数は一緒だが、二つのコインの色は正反対だ。

片方は銀白色だが、もう片方は黒光りしている。

銀白色の七つ星は前に――当主に就任した直後の儀式で取ってきたもの。

黒光りの七つ星は昨日取ってきたものだ。

そして、その横で、同じように机の上に置いた、初代の遺産。

初代が使っていたとされる、今となっては年代物(ねんだいもの)でぼろぼろな剣。

あの時、コインとこの剣が同時に光って、まるで「共鳴」と呼ぶにふさわしい現象が起きて、
初代の幻影が現れて、それを倒したらコインが変化した。

銀白色の一つ星から、黒光りしている七つ星に。

どっちも初代に関係するものだし、かつて、理由は違うが初代の英霊が現れてうんぬん——という話を聞いたことがある。

つまり、これは初代が仕掛けていったことの一つだろうな。

そうなると——。

「ヘルメス、ここにいたのね」

思考の途中で、ソフィアが部屋に入ってきた。

彼女は机の上にある二つのコインを見て、言った。

「ちゃんとそっちもあるのね」

「ああ、これがどうかしたか？」

「それを持って、今日も試練の洞窟に行くよ」

「……なんで？」

俺はちょっと警戒した。

昨日はいきなり襲われた、という事実もあって、とりあえず引き上げようと二人を宥めて連れ帰ってきた。

正直、この件でまた行くのはあまり気が進まない。

「昨日家に帰った後、御先祖様たちが残した文書とか調べてたの」

「デスピナのか」

ソフィアははっきりと頷いた。

デスピナ。

カノー家の初代に仕える二〇〇人、共に戦場を駆け抜けて、最後まで一人も欠けることなく戦い続けた女たち。

初代の武勇伝を色々聞かされたが、二〇〇人が付き従って最後まで欠けなかったというのも相当にヤバい話だ。

その二〇〇人に与えられたのが「デスピナ」という称号で、そのあと巡り巡って、名字になった。

その末裔がソフィア、ソフィア・デスピナだ。

「うん、ネオラ・コメネナっていうんだけど、知らない？」

「悪い、聞いたことない」

「うん」

ソフィアは特に気を害したこともなく、小さくうなずいた。

「私も家系図を辿っていくまでは聞いたことなかった」

「家系図があるのか」

「あるよ、二〇〇人分の。途中でくっついたりわかれたりしてるし、カノー本家の血も入ってたりするけど」

「それはなんだか面白そうだな」

壮大な家系図はそれだけでわくわくする、なんかロマンがある。

「――と、話が逸れちゃった。その御先祖様が残してった文書を見つけたの。そこに、直接じゃないけど、このコインのことかもしれない内容が書かれてたのよ」

「どんな内容だ？」

俺はちょっと体を乗り出した。

かなり気になる。

情報を知っているのと知らないのとじゃ、「やらかす」確率が全然違う。

情報があるのなら是が非でも知りたいところだ。

「まず、それは御先祖様たちが愛した人――つまり私たち、みんなの御先祖様の話なのね」

「つまり――カオリの父親の話か」

「うん」

ソフィアは深く頷いた。

俺の先祖、カノーの初代。

エリカの先祖、賢女王の男。

ソフィアの先祖、デスピナが愛した男。

そして――カオリの父親。

これらは皆同じ男のことを指している。

……ここまできたら、なんかの因縁を感じざるを得ないな。

「その人が言ってたことなんだけど。自分の生まれた故郷には、一つ星から七つ星までの七つのボールを全部集めると、なんでも願いが一つだけ叶うって」

「なんでも？」

「うん、死んだ人も生き返らせられるって」

「そんなぶっとんだ魔法アイテムがあるのか……あっ」

俺ははっとなった。

ぱっと下を向いて、机の上に置かれているコインを見た。

二つのコイン、それぞれ七つの星を刻んでいるコイン。

元はどっちも同じ色で、一から七まである、七つのコインだ。

七つのボールがあると言った男と、関わり合いのある女が七つのコインを作った。

そして、コインにはいろんな仕掛けがある。

その気になれば七つ集めるという形になる。

まったくの偶然じゃあり得ないだろうな、これは。

「ソーラ様が言ってたんだけど、ヘルメス、前回は七つ全部を手にしたんだよね」

「ああ」

俺ははっきりと頷いた。

あの時は確かに七つ全部持った。

誰にも見せてないけど、姉さんだけには話してある。

「あの時は何も起こらなかった」

「うん」

「それって、こっちの方が――」

ソフィアは黒光りしている方――共鳴して、幻影を倒した後に変化した方の七つ星のコインをさす。

「こっちが本物だからじゃないかな」

「本物……」

「真の姿、本来の姿っていうわけか」

「……なるほど」

俺はあごを摘まんで考えた。

ものすごく腑に落ちる話だ。

そもそも、あそこは「試練」の洞窟だ。

試練に打ち勝って手に入れた真のお宝――と考えれば色々と納得がいく。

「つまり……全部のコインを本来の姿にしないとだめ、ってことか」

「あたしはそう思う」

「なるほど。そうなると、本当にあの洞窟じゃないとだめなんだろうな」

「だから行こうって……ヘルメス、何か他の理由でもあるの？」

そういう顔してるよ、って感じで指摘してくるソフィア。

「ああ」

俺は深く頷き、机の上から初代の剣と、銀白色の七つ星コインを手に取った。

昨日洞窟でやったことと同じだが、二つは共鳴しなかった。

「昨日は手に取った瞬間に光ってただろ？」

「そうだね」

「そもそも、前からこのコインと剣はいつも近くにあったんだ。剣は賜ってからずっと持ち歩いてるし、コインはいつもこの引き出しにしまってるから」

「あの洞窟という場所も反応する条件の一つね」

「そうかもしれない」

「だったら、ますます行かなきゃ！」

ここで、話が最初のところに戻った。

いや、戻って、更に一歩進んだ。

詳しく話を聞いて、俺からも情報を一つ出したら、ソフィアが持ってきた話の補強になってしまった。

ちょっとだけあっちゃー……ってなりながら、考える。

「……その書物には他に何か書いてなかったのか？　七つのボールに関して」

「ボールを七つ全部集めたら、竜が出てきて願いをなんでも一つ叶えてくれるって」

「竜か……他には？」

「ううん」

ソフィアは首を振った。

「コインとか、星とか。それに関する記述はそれだけ」

「そうか」

俺は考えた。

これは……いい機会なのかもしれない。

なんでも一つだけ願いを叶えてくれる、というのは魅力的だ。

もしそれを参考にして、初代が七つのコインを用意してたっていうのなら。

俺は、注目されない人生を送る、という願いを叶えたかった。

少し考えて、腹が決まった。

「……よし、行こう」

「うん！」

俺が乗り気になったのを見て、ソフィアは嬉しそうに頷いたのだった。

☆

ソフィアと二人で、洞窟にやってきた。

今日は姉さんは連れてこなかった。

昨日と違って、今日は立会人が必要な状況じゃないから、ソフィアは特に言い出さず、俺もそのままでいいと姉さんには知らせなかった。

そうして洞窟に来て、足を踏み入れると。

「ヘルメス！　剣が！」

「え？」

ソフィアに指摘されて、俺は腰の方を見た。

初代の遺産、剣が淡く光り出した。

って、ことは。

コインを取り出した。

銀白色の七つ星のコイン。

それも、同じように淡く光っていた。

「光ってるな」

「昨日と同じね」

「ああ、だが昨日ほどじゃない」

「なんでだろう」

「たぶん……所定位置じゃないからなんじゃないか？」

昨日の様子を思い出しつつ、今の状況と重ねて、推測する。

「このコインって、一番奥にあったものだから」

「じゃあ進んでみよう！　奥まで行けば分かるよね」

「そうだな、行こう」

俺たちは頷きあって、洞窟の奥に向かっていった。

様々な仕掛けがあるが、入るのはもう三回目。

しかも、もしかしたらなんでも叶う願いで目立たない人生が送れるかもしれない。

その期待感に俺はやる気を出して、道中の仕掛けを全部あっさりとクリアしていった。

何もなくなった一つ目の台座をあっさりスルーして、二つ目の台座にやってくる。

そこに銀白色の二つ星のコインがあった。

「やってみる、ソフィアは下がっててくれ」

「うん」

ソフィアは素直に離れた。

彼女が充分に距離を取ったのを確認してから、台座の上にあるコインを手に取った。

すると、昨日とまったく同じことが起きた。

コインと剣が共鳴するように光って、コインに刻まれたものと同じ顔をした、初代の幻影が現れた。

二回目だから、予想がついていた。

俺は落ち着いて対処し、先置きの斬撃(ざんげき)で、幻影が動き出す前に切り捨てた。

「よし」

光が消えて、銀白色の二つ星コインが、黒光りの六つ星コインになった。

ある意味裏返った——表から裏になったたって感じだ。

「ヘルメス！」

「んあ？　ああ」

一呼吸開いて、ソフィアが叫んだ理由が分かった。

幻影を倒して、裏のコインが手に入っても初代の剣は光ったままだ。

そして、洞窟に入ってくる時よりもその光は強まっている。

ポケットから表の七つ星コインを取り出す。

「こっちも光が強くなっているな」

「近づいてるから、だよね」

「そうなるな」

俺が頷くと、ソフィアも嬉しそうに頷いた。

「行こう！　次へ！」

「ああ」

ソフィアは気持ちが逸って、まるで俺を先導するかのようにズンズン先にすすんだ。

すぐ後についていった。

次々と台座に辿りつき、反応するコインから初代の幻影を出して、裏のコインを入手していく。

表の三つ星が裏の五つ星になった。

表の四つ星が裏の四つ星になった。

表の五つ星が裏の三つ星になった。

表の六つ星が裏の二つ星になった。

そして、最後の部屋にやってきた。

「光ってる……今までで一番……」

剣とコイン、二つを見て、驚嘆混じりにつぶやくソフィア。

「やるぞ」

「うん」

部屋に入っても光るだけのコインを一度台座に置いてから、手に取る。

すると、それまで何もなかったのに共鳴しだした。

初代の幻影が現れた。

それを一太刀(ひとたち)で倒してしまう。

幻影が消えて、表の七つ星が裏の一つ星になった。

これで、全部が揃(そろ)った。

俺は全部のコインを取り出して、手の平の上に並べた。

ソフィアが近づいてくる。

「揃ったね」

「ああ」

「これでどうするのかな」

「そうだな、このまま持っているか、あるいは裏返ったこれらを一から七の順、それか逆に七から一の順で台座に置いていくか」

可能性は三つある、それくらいならしらみつぶしに当たっていけば——と考えたその時。

七つのコインが光り出した。

「ヘルメス!?」

「俺は何もしてない」

「ってことは――」

ソフィアの顔から期待の色がはっきりと見えた。

光が集まって、やがて、人の形になった。

女だった。

初代とは違う女だった。

いや、女の子、だった。

体がぼぅ、と淡く光っている、黒い服の女の子だった。

「あれ？　あんた……ソフィア」

「うん、似てるけど……なんか違う」

俺とソフィアは同時に訝(いぶか)しんだ。

彼女は似ている、俺に色々教えてくれて、ソフィアとも面識のあるあの女の子に。

似ているけど……なんか決定的に違うようにも感じる。

彼女は天上天下唯我独尊(てんじょうてんげゆいがどくそん)――という言葉が具現化したような尊大な態度だ。

正直、見た目は女の子だが、大人の女って感じがする。

『ここまでよく来たな』

「えっと、あんたは……？」

『我の名はエレ——ごほん、泉の——もとい、竜の女神だ』

女の子は何かを言いかけて、言い直した。

何を言いかけたのか、いやそんなことはどうでもいい。

俺はわくわくする気持ちをそのままぶつけた。

「教えてくれ、本当に願いを一つ叶えてくれるのか？」

『なんの話だ、それは』

「違うのか……」

俺はがっくりと肩を落とした。

思いっきり落胆した。

そうだよな、そんな美味い話はないよな。

考えればなんでも叶うなんてのはあり得ない話なのに、一度でも期待してしまったもんだから、落胆も大きかった。

『それよりも……ごほん。よくぞここまで来た。お前が欲しいのは世界が手に入る力か？』

「え？　いらないってそんなの」

俺は速攻で断った。

世界が手に入る力とか。

そんなのあったら今まで以上に大変なことになるだろ？

俺は静かに暮らしたいんだ。

『ふむ、謙虚なのだな。えっと……こういう時はどうだったかな』

女は何かメモを取り出して、それを見ている。

『ふむふむ正直者だから両方とも――なるほどなるほど』

女はしきりに頷き、さらにこっちを見た。

『では、お前が欲しいのは世界の半分が手に入る力か？』

「え？　いや半分もいらないって。そんなのいらないから」

『お前は謙虚だ、ご褒美に両方くれてやろう、世界を一・五個手に入る力だ』

「へ？」

『はっ！』

女は手を伸ばして、何かを飛ばしてきた。

とっさに横っ飛びして避ける――が、避けた先に追尾して、それが俺に当たった。

何も痛くない、ダメージとかはない。

が、飛んできた何かが、俺の体の中に入ってきたような感じだ。

『うむ、ではな』

そう言って、女はすぅ、と消えた。

いや、そんなことよりも。

「こ、これは……」

俺は自分の両手を見つめて、驚愕した。

「どうしたのヘルメス！」

「力が……更に上がった？」

「え？　もっと強くなったってこと？　すごい！」

喜ぶソフィア。

一方で愕然とする俺。

俺は、ぐうたらと毎日を過ごすために、その願いを叶えに来たのに、よく分からない理屈でさらに強くなってしまった。

『強くなっただけではない、世界の一・五個が手に入る力だ』

「なに？」

『今度こそさらばだ』

コインからにょきっと顔を出した女はまたひっこんだ。

今度こそ、の言葉通りに、コインは石のようになって、それから何をしてもうんともすんともいわなくなった。

せ、世界の一・五個って……。

一体、どういうことなんだあああ!!!

書き下ろし

ソフィアは、本気で想っている

成長する人間は、大別して二種類に分けられる。

成功体験から学ぶ者と、失敗体験から学ぶ者だ。

ヘルメス・カノーは成功体験から学んだ。

良き師と良き環境に巡り合えれば、成長して力のある人間になれる、と自分自身の体験からそう思っている。

そこで奇妙な考えに行き着くのが、ヘルメスという少年である。

もっともっと有能な人間がまわりにいれば、全てをその者たちに任せっきりで、自分は何もせずにぐうたらと日々を過ごせるようになる。

故に、彼は教育に力を入れていた。

☆

カノー領、カオスの街。

学問で栄えてきたこの街は、現当主ヘルメス・カノーの代になってから、潤沢な予算の元でますます栄えるようになった。

そのカオスの街の大図書館の中。

ソフィア・デスピナは一人で勉強をしていた。

しているのは、もちろん魔法の勉強だ。

この日は、前日の実践で疑問に感じたことを調べるため。

そして、次の実践のために何を改善すればいいのかを。

それらを調べる為にやってきた。

予習と復習。

成長するためには極めて当たり前のことを、ソフィアは高いレベルで繰り返している。

そんな彼女が、自分に魔法の才能があると分かったのは四歳の時だった。

デスピナの同世代の中でも、際だった才能を持ち合わせていて、将来を嘱望され、大人たちにちやほやされていた。

しかし、才能はあるけど、サボっていればそれを伸ばすことなくただの人間になってしまう、と分かったのは十歳の時だった。

ある少年との邂逅でそれを知り、天狗になりかけていた彼女は完全に鼻っ柱をへし折られた。

それ以来、彼女はずっと努力している。

その日から、文字通り一日も休むことなく、努力を続けている。

この日も、大図書館で朝からずっと調べものをしていた。

「あっ、ここにいた」

「……」

調べもの——勉強をしている時のソフィアの集中力は目を瞠るものがある。

友人が入ってきて、まわりの人間が「うるさい」と睨むほどの陽気な声で話しかけてきても、彼女の集中力は途切れなかった。

耳に入らなかった。

ソフィアの目の前には、「目標」だけが見えている。

「ソフィアー」

「……」

「そーふぃーあー」

「……」

「……ふぅ」

「ひゃう!! な、なに!?」

ソフィアは飛びのいた。

パッと振り向いて、耳元に息を吹きかけてきた者を見た。

「マリス！　何をするのよ」

マリス・デスピナ。

ソフィアと同じデスピナ家の者で、同い年というのもあり、互いに親友だと思い合っている者同士だ。

そんなマリスが、ちょっと拗ねたような口調で言った。

「それはこっちの台詞よぉ。さっきからずっとソフィアのことを呼んでるのに、全然反応しないんだもの」

「え？　よ、呼んでた？」

「うん」

「そうだったの……ごめんなさい」

ソフィアは素直に謝った。

没頭している時にまわりが見えなくなるのが彼女の長所であり、短所でもある。

「気づいたのならいいのよ。それよりも遊びにいこぉよソフィア。そろそろ紅葉が綺麗になってきたから、船遊びとかどうかな」

「うーん、ごめん、パス」

ソフィアは少し考えるそぶりをしたが、実はほとんど考えずに即答で断った。

それはいつもの彼女。

それを知っている親友のマリスは特に驚くでも怒るでもなく、ソフィアの手元をのぞき込んだ。

「また勉強?」

「ええ。今日中にこのあたりをおさらいしておきたくて」

「なんか難しそうな本だね」

「そう?」

「私、こっちが得意で魔法は専門外なんだけど」

マリアはそう言って、しゅしゅ、と何もないところに向かってパンチをはなった。

得意だ、と言いながらも覇気(はき)が感じられないパンチだ。

「それでも、これがものすごく難しいって分かるよぉ? 実際なんの魔法なの? これ」

「始原魔法よ」

「しげんまほう? 回収するの?」

「資源じゃなくて、始原。空間魔法、時間魔法と並ぶ三大魔法の一つね」

「やっぱり難しいじゃない」

「使えるようにしておきたいのよ。時空間魔法は適性がなかったから、せめてこっちだけでも、ね」

そう言った直後、ソフィアは唐突に顔を赤らめた。

それはまるで、思い人を目の前にした乙女の顔だ。

その顔も、反応も。マリスにはよく知っているものだった。

「うーん、いじらしいわねえ。いつかヘルメス様と結ばれるといいね」

「……うん」

ソフィアは素直に頷いた。

一番の親友であり、かつ同じく「デスピナ」で、年齢が近いこともある。

マリスはソフィアの想いを知っていて、ソフィアはそのことをマリス相手には取り繕ったりはしない。

「乙女だねえ」

「からかわないでよ！」

「からかってないよ、褒めてるのよ」

「うそだ。絶対楽しんでる」

「ほんとほんと。羨ましいのよぉ」

「羨ましい？」

「そんなに一人の男を思い続けられるのって、素敵なことよ。うん、羨ましい」

「……」

ソフィアはさらに頬を染めた。

微かにうつむいて、微笑んだ。

秘めた想い、続けてきた想い。

それを一番の親友に、からかいではなく本気で認められたことは、ソフィアには素直に喜ばしく感じるものだった。

「だから、今日は遊びにいこう」

「えっ？　えええええ!?　ちょっと前後で話が繋がってない——わわわ！」

マリスはソフィアの手を取って、半ば無理矢理に立たせた。

物腰の柔らかさ、おっとりさとは裏腹に、彼女は物理系ハードパンチャー——パワータイプだ。

生粋の魔法使いのソフィアを腕一本で軽く立たせた。

「太陽の光を浴びないと美人になれないから一。いこー」

「まって、まってまって自分で歩けるからひゃう！」

ソフィアは無理矢理大図書館から連れ出されて、「もうっ……」と苦笑いした。

彼女は切り替えて、マリスと一緒に遊びに出かけた。

☆

その夜、ソフィアの自室。

ランタンの光に照らされて、彼女は机にかじりついて勉強に集中した。

昼間はいいリフレッシュになった。

無理矢理連れ出してくれた親友には感謝しかない。

だからこそ、リフレッシュした今だからこそ。

彼女は勉強に集中した。

ソフィアは成功体験から学んだ人間だ。

持続こそ力だと、彼女は知っている。

十歳の年、あの日から勉強を続け、鍛錬を続けてきた。

一日たりとも休むことなく続けてきた結果、日に日に力をつけていくのを実感している。

そうしてソフィアは、デスピナの序列一位になった。

成功体験がそれを物語っている、だから彼女は続ける。

全力で努力を続ける。

たった一日も休むことなく、延々と続けている。

彼女の目には、目標だけが映っている。

いつか本気で想いが報われる日を夢見て。

ソフィアは今日も、努力を延々と続けていた。

あとがき

人は小説を書く、小説が書くのは人。


皆様お久しぶり、あるいは初めまして。

台湾人ライトノベル作家の三木なずなでございます。

この度は『俺はまだ、本気を出していない』の第五巻を手にとって下さりありがとうございます！


まずは伏して、皆様にご感謝申し上げます。

おかげさまで、シリーズの第五巻をお届けすることができました。

これは大げさでもなんでもなく、皆様に買っていただけているからこそ、シリーズがここまで続くことができました。

通常、シリーズものは最初の第一巻から第二巻くらいまでの売り上げで、レーベル内、あるいは業界全体のデータからの推測に基づいてシリーズの長さを決めるものなのですが、本作は皆様の熱烈な支持のおかげで、その推測を覆して、当初の予定よりもずっと長くお届けすることができてます。

そうしてお届けしたのが、この第五巻です。

このシリーズは皆様に育てていただき、預かったものだと思っています。

ですので、今回も手に取ってくださった皆様にご満足頂けるように、シリーズコンセプトをひたすらに守って書きました。

どなたか仰っていましたが、本作の主人公のヘルメスくんは「能力しかない」男だと。

そうです、まさにその通りです。

彼は世界最強で、あらゆる状態で無双できる力を持ちながら、いつもうっかりしたり、ドジを踏んだり、たまには困ってる人を見過ごせなかったりして——結果、力を隠したいのに隠しきれず、どんどんどんどんどん、どんどんどんどんどんどん——評価がうなぎ登りになっていきました。

力だけはある、うっかりなお馬鹿さんが、まわりにバレバレで評価が上がっていく。

それが本作のコンセプトです。


それをこの第五巻も守りました。

今までとまったく同じです。


ついうっかりした。

詳細を知らなかった。

お酒に酔って本性を出した。

興奮してついやっちゃった——。


などなど。

様々なことで失敗して、その度に無双して評価が上がっていきます。

第五巻も、第一巻から第四巻までとまったく同じく、全話がそういう話で構成されています。

一つたりとも、ヘルメスが失敗する話はありません。

ああいえ、失敗は常にしているのですよね、ヘルメス視点では（笑）。

言い換えます。

一つとして彼の評価が下がるような話はありません。

ですので、是非とも安心してお買い求めください。

シリーズはお買い上げの数字で続けるかどうかが決まります。

あなたの清き一票が、シリーズ継続の原動力となります。

続刊が可能な限り、いつまでもこの物語をお届けすることをお約束いたします。

ですので、何卒よろしくお願いいたします。

最後に謝辞です。

イラスト担当のさくらねこ様。いつも素晴らしいイラストをありがとうございます！　新キャラも最高に可愛くて素敵です！

担当編集T様。今回も色々ありがとうございました！　長いシリーズをやれて光栄です！

ダッシュエックス文庫様には、第五巻まで刊行させていただき、本当に感謝の言葉もありません！　もっと精進していつか恩返しできるように頑張ります！

これを手に取って下さった読者の皆様方、その方々に届けて下さった書店の皆様。本書に携わった多くの方々に厚く御礼申し上げます。

第六巻もお届けできる日が訪れることを祈念しつつ、筆を置かせていただきます。

二〇二〇年六月某日　なずな　拝

ダッシュエックス文庫

俺はまだ、本気を出していない5

三木なずな

2020年8月30日　第1刷発行

★定価はカバーに表示してあります

発行者　北畠輝幸
発行所　株式会社　集英社
〒101−8050　東京都千代田区一ツ橋2−5−10
03(3230)6229(編集)
03(3230)6393(販売／書店専用) 03(3230)6080(読者係)
印刷所　大日本印刷株式会社

ISBN978-4-08-631381-0 C0193